KB134002

내 서재 속 고전

내 서재 속 고전

서경식 지음

나를 견디게 해준 책들

한승동 옮김

나무연필

머리말

인간의 단편화에 저항한다

이 책은《한겨레》에 2013년 5월 19일부터 2015년 3월 5일까지 '내 서재 속 고전'이라는 제목으로 16회에 걸쳐 연재한 칼럼을 묶은 것이다. 원래 칼럼에 빈센트 반 고흐의 서간집에 관한 글 한 편을 추가하고,『위대한 왕』의 한국어판을 위해 쓴 발문을 재수록했으며, 이 책 출간에 맞춰 기획한 대담도 간추려 함께 담았다.

여기서 다룬 책들이 내가 한국의 젊은 독자들에게 읽어보기를 권하는 '고전'이 되는 셈이다. 읽어보면 알겠지만, 지금 일본 사회의 위기적 상황을 강하게 의식하며 고른 책들인데, 이 위기는 일본만의 것은 아니다. 한국 또한 일본과 유사한(또는 더 심각한) 위기적 상황에 처해 있는 게 아닐까.

2011년에 후쿠시마 원전 사고가 일어난 지 4년이 지난 지금, 사고 발생 직후에 예감했던 대로 일본 사회는 '우경화'를 넘어 '전체주의화'가 급속히 진행되고 있다. 세간에는 반중反中·반한反韓 증오 발언이 넘쳐나고, 인터넷은 물론 정권 상층부에서 대중매체, 대학가에 이르기까지 반지성주의가 미쳐 날뛰고 있다.

장 폴 사르트르는 명저 『유대인 문제에 대한 성찰*Réflexion sur la question juive*』에서 반유대주의(넓게는 인종차별주의)는 사상이 아니라 "하나의 정열이다"라고 썼다. 그렇다. 이것은 실증성이나 논리적 정합성과는 무관한 하나의 위험한 정열인 것이다. 그런 정열에 사로잡힌 사람들에게 지성이나 이성을 전제로 말을 거는 게 무슨 의미가 있을까.

일본 문부과학성(교육부)은 지난 6월 전국 국립대학에 '교원양성계, 인문사회과학계 학부의 폐지 또는 전환'을 검토하라는 지시를 내렸다. 그 이유는 당장의 사회적 '니즈(수요)'에 맞추기 위해서라고 한다.

'니즈'라니? 도대체 누구의? 그것은 말하자면, 신자유주의 체제 지배층의 '니즈'일 것이다. '기계적 능력만 키운 저임금 노동자'와 '소비 욕망에 휘둘려 상품을 사는 소비자'를 대량으로 배출하는 것이 자본의 이익에 부합할 것이다. 그리하여 젊은이들은 철학, 역사, 문학, 예술 등을 접해볼 기회를 갖지 못한 채 타자와 대화하는 방법조차 모르게 될 것이다. 아니, 타자는 차치하고 자기 자신의 권리조차 지킬 줄 모르는 상태로 성인이 될 수밖에 없다.

일찍이 프랑스 사상 연구자 와타나베 가즈오는 패전의 경험을 통감하면서, '광기'를 극복하기 위해 인간의 '기계화·야만화'에 온 힘을 다해 저항해야 한다고 술회했다(『광기에 대하여』). 그러나 와타나베가 낸 이성의 소리는 적어도 일본에서는 소수의 무기력한 차원에서 맴돌았을 뿐이며, 인간의 '기계화·야만화' 과정은 오늘날까지 변함없이 계속돼 왔다. 그 상황은 마침내 대학 교육에서 인문사회과학 분야를 부정하는 위험수위에까지 도달했다.

이런 경향에 박차를 가하면서 인간의 단편화를 압박하는 요인이 사람들의 컴퓨터 및 SNS 의존이다.

10여 년 전 가토 슈이치는 내가 근무하는 대학에서 강연할 때 이렇게 말했다. "더 성능이 좋은 자동차를 만드는 건 기술을 배우면 가능하다. 그러나 그 자동차를 운전해서 어디로 갈지를 스스로 결정하기 위해서는 교양이 필요하다." 이 알기 쉬운 비유가 마음에 들어, 나는 그 뒤 이를 즐겨 인용하면서 인생의 침로針路를 스스로 결정하는 데 교양이 얼마나 중요한 역할을 하는지 학생들에게 얘기했다.

그런데 어느 날 한 학생이 태평스런 표정으로 이렇게 말하는 것이었다. "선생님, 여행을 가고 싶을 때 행선지를 골라주는 소프트웨어 프로그램이 있다는 걸 아십니까? (……) 대강의 희망과 예산만 입력하면 그다음은 컴퓨터가 갈 곳을 정해줘요."

그런 프로그램의 존재를 몰랐던 나는 마음을 진정시킨 뒤 그 학생에게 물었다.

"자네는 그런 여행에 만족할 수 있겠는가?"

"예?" 학생은 괴이쩍다는 듯한 표정을 지었다. "귀찮은 일 덜어주니 좋은 것 아닌가요."

이게 이미 10년도 넘은 시절의 얘기다.

사람들 각자가 여가를 보내는 방법, 인생의 목표나 목적, 살아가는 것의 의미까지도 인간 자신을 대신해서 컴퓨터가 지시해주는 시대가 도래했다. 그리고 그것을 이상하게 생각하지 않고 오히려 거기에 의존하면서 순간순간을 살아가는 사람들 무리가 등장했다. 단지 사고를 정지하고 있는 차원이 아니라, 무엇을 먹고 싶은지 어디로 가고 싶은지 등의 더 근원적인 욕망까지도 지배당하는 데 길들여진 사람들 무리다.

이런 사람들은 많은 경우 책을 너무 읽지 않는다. 의문에 맞닥뜨리면 즉각 스마트폰으로 검색한다. 좀 긴 문장을 읽거나 쓰는 걸 힘들어한다. 기껏해야 스마트폰의 짤막한 메일에 담을 수 있는 정도의 문장으로 커뮤니케이션을 하기 때문에 필연적으로 사고도 표현도 단순화한다. 대학에서 강의를 들을 때도 사고나 입론 과정을 공유하는 걸 따분해하고 결론을 빨리 알려 달라며 조급해한다. 자신이 정말로 납득하든 말든 오직 시험 점수를 따기 위해 '정답'으로 간주되는 것을 기억하려 한다.

이처럼 인간의 자율성은 심하게 파괴됐다. 인간이 단편화된 것이다. 인간의 단편화는 상대를 그 속성으로만 단정하고(차별), 국가에 무비판적으로 동일화돼 타자를 일률적으로 적대시(전쟁)하는 데에 기여한다.

어찌하면 이 위험한 경향을 저지할 수 있을까? 이런 상황에서 '고전'을 읽고, '교양'을 얘기하는 것이 무슨 의미가 있을까?

이 난제를 함께 생각해보기 위해 권영민, 이나라, 이종찬 등 세 분에게 부탁해 한자리에서 논의하는 기회를 만들었다. 그 대담의 기록을 이 책 말미에 수록했다.

이 난제에 즉효를 내는 해답은 없다. 성급하게 해답을 구하는 태도야말로 사고의 단편화 탓이라 해야 할 것이다. 답이 보이지 않더라도 곤란하다는 걸 인지한 바탕 위에 계속 생각하고 이야기하는 수밖에 없다. 이 책에서 거론한 선인[先人]들이 그렇게 해왔듯이. 이들이 존재한 덕에 우리는 아직 인간에게 절망하지 않는다.

테이블 위에 많은 요리들이 준비돼 있을 때 가장 맛있어 보이는 요리부터 손대는 사람과 좋아하는 요리를 나중에 먹는 사람이 있다. 후자의 경우는 종종 기대하며 남겨둔 요리를 남이 먹어버리거나 치워버리는 바람에 손해를 본다. 나는 후자 타입이다.

예컨대 이 책에서 두 차례 얘기한 에드워드 사이드에 대해서는 적어도 한 번은 더 쓰고 싶었다. 그의 자전 『먼 곳의 기억Out of Place』(한국어판 제목은 『에드워드 사이드 자서전』)은 디아스포라 문학의 최고 걸작이라고 나는 생각하기 때문에, 사이드에 대한 세 번째 얘기는 이 책에 관해 쓰겠노라 마음먹고 있었으나 그 '요리'에 손을 대기도 전에 연재가 끝나버렸다.

연재를 시작할 때, 대략 30회 정도 쓸 것으로 예상했다. 연재가 계속됐다면 나는 분명 다음과 같은 책들에 대해 얘기했을 것이다.

재일조선인 사형수 이진우의 옥중서간집 『죄와 죽음과 사랑과罪と死と愛と』는 한국의 독자들도 진지하게 읽어주기를 고대한다. 언제 읽더라도 재미있는 고전은 『삼국지』와 『수호전』이다.

그밖에 사르트르의 『상황 V: 식민주의와 신식민주의』, 프란츠 파농의 『검은 피부, 하얀 가면』, 폴 니장Paul Nizan의 『아덴 아라비아Aden Arabia』, 슈테판 츠바이크의 『어제의 세계』, 한나 아렌트의 『예루살렘의 아이히만』 등을 비롯해 브레히트의 시집도 다뤄보고 싶었다. 20세기의 미술 콜렉터 페기 구겐하임 회고록 『20세기의 미술과 더불어 살다Out of this century』(한국어판 제목은 『페기 구겐하임 자서전』)는 독서의 기쁨과 현대미술에 대한 흥미를 충족시켜준다. 마찬가지로 브뤼노 몽생종Bruno Monsaingeon이 소련의 위대한 피아니스트에 대해 쓴 『리흐테르Richter』도 문학, 음악, 역사를 아우르는 좋은 작품이다.

의외로 생각할지 모르겠으나 나는 추리소설이나 산악소설 애독자이기도 하다. 스웨덴의 부부 작가 마이 셰발Maj Sjöwall과 페르 발뢰Per Wahlöö의 추리소설 『웃는 경관*Den Skrattande Polisen*』, 그리고 프랑스 알피니스트 시인 가스통 레뷔파Gaston Rébuffat의 등반기 『별빛과 폭풍설*Etoiles et Tempêtes*』도 목록에 넣고 싶다.

굳이 한국 책을 든다면 『백범일지』가 떠오르지만, 여기서는 한국에서 출간된 국내 필자의 책들을 거론하지 않았다. 나의 '고전'은 다소 유럽 편중으로 비칠 것이다. 내 공부가 모자라는 걸 부끄러워할 수밖에 없으나, 이것도 일본이라는 장소에서 태어나 자란 나라는 존재를 규정하는 컨텍스트의 정직한 발로일 것이다. 그런 내가 소개한 책이 국내 독자 여러분에게 조금이라도 '다른 시각'을 제공하고, 그 시야와 흥미를 넓히는 일에 도움이 된다면 다행이겠다.

이 책은 젊은이들에게 권하는 교양서 목록이 아니다. 교양이란 책 이름이나 내용에 관한 지식이나 정보가 아니다. 각 책들의 개략적인 내용을 알고 싶다면 컴퓨터로 검색하면 된다. 하지만 그것은 여행의 목적지를 인터넷 소프트웨어 프로그램이 정해주는 것과 다를 바 없을 것이다.

원래 어떤 책도 짧은 문장으로 그 내용을 충분히 전달할 순 없다. 오히려 이 책은 책에 접근하려 할 때 내가 활용하는 내 나름의 방식의 '단면'을 제시한 것이고, 나와 '고전' 간의 대화에 관한 기록이다. '단면'이 같은 모양새일 필요는 없다.

오히려 자기 나름의 '단면'으로 자신만의 '고전'을 찾아내고 그것과 자유롭게 대화하는 것이 바람직하다. 그런 과정이야말로 형식화한 지식이 아니라 진정한 지적 태도로서의 교양이며, 인간을 단편화하려는 힘에 맞서는 저항이다.

이 책의 번역은 한승동 씨에게 부탁했다. 가장 신뢰할 수 있는 동료다. 이 책은 신생 출판사인 도서출판 나무연필에서 간행하는 첫 출판물이다. 이 출판사 대표는 예전에 나의 책 『디아스포라의 눈』의 편집을 맡아주었던 임윤희 씨다. 이런 시대에 출판사를 만들고 또 이런 인문서를 내는 일 자체가 귀중한 저항이라고도 할 수 있을 것이다. 이 책이 거친 파도가 이는 대해에서 배를 저어 가려는 젊은 출판인에게 작은 격려가 되기를 진심으로 기원한다.

2015년 8월 12일
일본 신슈에서

서경식

차례

일러두기

1. 이 책에서 다룬 고전들은 국내에 출간된 경우 한국어판 제목으로 표기했고, 미출간된 경우는 필자가 참조한 일본어판 제목을 번역해 표기했다. 각 고전들의 서지 사항은 부록으로 '『내 서재 속 고전』에 언급된 책들'에 정리했다.

2. 국내 출간된 책의 경우 도서명, 저자명 등의 표기는 출간 도서의 것을 그대로 살렸고, 인용된 문장의 번역은 한국어판 번역본을 따르지 않았다.

3. 단행본, 장편, 작품집 등은 『 』, 단편, 논문, 기사 제목 등은 「 」, 미술 작품, 영화, 연극, TV 프로그램 등은 〈 〉, 신문, 잡지 등은 《 》로 표기했다.

클래식의 감명,
그 심연의 뿌리를 캐는 즐거움

에드워드 사이드의 『경계의 음악』

'내 서재 속 고전'이라는 제목으로 글을 쓰게 됐다. 이제까지 살아오면서 읽은 책들 중에서 감명 깊었던 책에 관한 이야기를 써달라는 것이 담당자의 주문이다.

'내 서재'라니? 이 말을 들었을 때 일본어와 조선어(한국어)의 어감 차이 때문이랄까, 아니면 현대 일본과 한국의 생활감각 차이 때문이랄까, 어쩐지 마음이 편치 않았다. 바로 그 지점에서 이야기를 시작해보겠다.

나는 '서재'라는 말을 별로 쓰지 않는다. 부득이할 경우에도 기껏 '공부방' 정도의 말로 대신한다. "서재가 좁아 책 둘 곳이 없어서 난감해요"라는 말을 하는 사람을 만날 경우, 예전의 나는 반감을 느꼈다. 하지만 요즘 내가 무의식적으로 그런 말을 하고 있다는 사실을 문득 깨닫고는 아차, 싶은 때가 있다. 그것은 '서재'라는 말 자체에 수치에 가까운 감정이 얽혀 있기 때문이다.

이 감정의 알맹이는 양면적이다. 먼저 그것은 '부르주아적'이다. 일본의 주택 사정상 집에 서재를 둘 수 있는 건 꽤나 한정된 계층일 것이다. 즉 그런 사람은 실은 자신이 서재를 가질 정도로 부자라는 자랑을 하고 싶은 게 아닐까. 아니 그게 상대방에게 거북스런 자랑으로 들릴 수 있다는 걸 상상할 수 없을 만큼 자신의 부유한 삶에 대한 자각이 없는 게 아닐까. 그런 정도의 반감이다.

나는 어릴 때부터 영화 등에서 보는 영국풍 서재에 대해 강한 동경을 품었다. 높다란 천장까지 짜놓은 유리문 달린 책장에 빽빽이 들어차 있는 가죽 표지의 책들. 널찍하고 중후한 책상. 앉으면 포근할 것 같은 의자. 낮게 흐르는 바로크 음악……. 그러나 현실의 내가 늘 책을 읽는 곳은 잠자리였다. 머리맡에 어지러이 책을 쌓아놓고 아무
20 렇게나 드러누워 읽어 재끼는 것이다. 결국 그런 습관을 버리지 못한 채 나이를 먹어, 지금은 서재가 있는데도 괜찮다 싶은 책을 잡으면 책상이 아니라 잠자리로 향한다. 게다가 한심하게도 젊었을 때와 달리 금방 수마에 사로잡혀서 두세 쪽도 읽지 못한 채 잠들고 만다. 즉 나는 더는 책을 읽을 수 없게 된 것이다.

두 번째 감정은, 서재 이야기를 불필요하게 입에 올리는 사람은 마치 '나는 그 정도의 독서가야' 하고 넌지시 빼기는 듯해 찜찜한 느낌이 드는 것이다. 이건 내 비뚤어진 생각이다. 나는 사춘기 시절부터 벗들이 어려워 보이는 책 읽은 얘기를 할 때마다 내 공부가 짧다는 걸 통감할 수밖에 없었는데, 그런 주제에 고분고분 공부할 생각은 하지 않고 어떻게든 지지 않으려 용을 쓰며 대항했다. 그런 못된 성격도 고치지 못한 채 나이를 먹고 말았다. 앞으로도 고칠 수 없을 것이다.

글쟁이 겸 대학교수라는 직업에 종사하노라면 세상에는 무서울

정도의 독서가들이 있다는 걸 절감할 때가 있다. 그런 사람들 중 다수는 서재 얘기 따위는 하지 않는다. 책 읽는 것은 그 사람들에게 당연한 일이기 때문이다. 이것도 나의 편견이겠지만, "서재가 좁아" 따위의 얘기를 하는 사람은 책이 아니라 서재에 관심이 있는 것이며, 실은 책을 별로 읽지 않을 것이다. 그래서 나는 서재 얘기 같은 걸 하면 자신의 공부가 짧다는 사실을 간파당할 것 같아 부끄러운 것이다.

그런데 그랬던 나도 대학에서 가르치게 되면서 필요에 쫓겨 어느 샌가 서고 겸 공부방을 세 곳이나 갖게 됐다. 하나는 대학 연구실. 거기에는 주로 수업에 참고하는 인권 문제, 역사 문제 등의 문헌들을 놓아둔다. 또 하나는 나가노현 신슈의 자그마한 산장에 있는 방 한 칸인데, 거기에는 문학과 예술 관련 문헌들을 옮겨다 놨다. 언젠가 왕창 시간이 나면 무엇이든 구애받지 않고 천천히 읽어보겠노라는 흔해 빠진 욕망의 발로다. 마지막 하나는 우리 집에 있는 공부방이다. 이 세 곳 어딘가에서 책을 읽거나 집필을 하는데, 정리정돈에 서툴러서 연구실에서 집필할 때는 필요한 책이 집에 있고, 산장에서 책을 읽고 싶을 때 그 책은 연구실에 있는 식이어서, 책 찾는 시간이 턱없이 길고 헛일이 되기 일쑤다.

대학 동료들은 정년퇴직 시기가 다가오면 연구실 장서 처분 때문에 고민하기 시작한다. 집에 가져가도 될 정도로 여유 있는 서재를 가진 사람이 많지 않기 때문이다. 도서관 등에 기증하려 해도 예전과 달리 이를 받아주지 않는다. 헌책방에 팔려고 해도 값을 쳐주기는커녕 오히려 이쪽이 자비로 싣고 가서 제발 처분 좀 해달라고 부탁해야 할 지경이다. 학생들에게 그냥 주겠다고 해도 귀찮아하는 표정이다. 학생들도 좁은 방에 사는 처지에 그러는 게 무리는 아니다. 그러니 자연히 책을 버린다는 얘기가 나온다. 반세기 전 '학생반란' 시절에 일본의 데라야마 슈지寺山修司라는 시인의 "책을 버리자, 거리로 나가자"라는 시구가 유행어가 됐는데, 그것은 머리만 큰 대갈장군 같은 지적인 세계에만 갇혀 있지 말고 사회적인 행동에 나서라는 의미로, 실제로 책을 버리라는 뜻은 아니었다.

책을 버린다……. 내 세대에겐 친숙해질 수 없는 발상이다. 하지만 몇 년 앞일지는 잘 모르겠지만 내게도 착착 그때가 다가오고 있다. 그때는 지금 세 곳에 분산돼 있는 책들을 모두 한곳에 모아도 여유 있는 널따란 서재가 있다면 좋을 텐데, 그런 생각을 해본 적이 없는 바 아니지만, 이미 읽을 수도 없는 책 때문에 그러다니 이거야말로 부르주아적인, 부끄러워해야 할 소행이 아닌가. 게다가 나처럼 어정쩡하게 부르주아적인 사람에겐 애초에 그렇게 할 만한 재력도 없다.

그런 내가 그래도 '내 서재 속 고전'이라는 제목의 글들을 쓰게 됐다. 부끄러운 기분을 누르고 청탁을 수락한 것은 지금의 나는 사실상 서재에 상당하는 방을 갖고 있고, 공부를 많이 하진 못했지만 나 나름의 읽는 법을 통해 읽은 책들을 타인에게 권해보고 싶은 욕심도 없지 않아 있기 때문이다. 다만 '서재'라는 말을 입에 올릴 때 내 속에서 일어나는 망설여지는 감정만큼은 부정하고 싶지 않아서 이를 밝히다 보니 정작 중요한 책 얘기를 이제야 시작한다.

최근 내가 가장 즐겨 읽은 책은 에드워드 사이드Edward W. Said, 1935~2003의 『경계의 음악Music at the limits』이다. 좋은 음악을 듣고 감명을 받을 때면 누군가와 대화하면서 그 감명의 유래를 파고들어가 보고 싶어진다. 하지만 좋은 대화 상대를 찾기란 좋은 음악을 듣는 것 이상으로 어렵다. 그것은 이 책에서 사이드 자신이 말한 바와 같이 음악이라는 예술이 "가장 말 없는 것"이고 "가장 닫힌" "가장 논하기 어려운 분야"이기 때문이다. 더욱이 그 대화 상대는 풍부한 감성과 자유로운 정신을 지니고 있을 뿐 아니라 음악이론에도 통달하고 음악을 문학이나 정치 등 다른 분야와 관련지어 해독할 수 있어야 한다. 사이드야말로 바로 그런 사람이었다. 이 책은 잠자리에서 읽었는데도 졸지 않았다. 매일 밤 조금씩 그와의 대화를 즐기면서 흥이 오르면 책을 덮고 그가 추천하는 음반에 귀 기울이기도 했다.

"오른손이 왼손에 호응하듯 손가락 하나는 나머지 아홉 손가락에

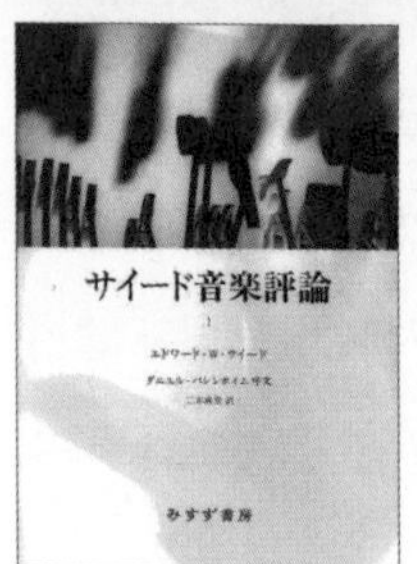

풍부한 감성과 자유로운 정신의 소유자. 음악을 문학이나 정치 등 다른 분야와 연관지어 읽어낼 줄 아는, 클래식 음악에 대한 그야말로 좋은 대화 상대, 에드워드 사이드(위). 그리고 그가 죽기 직전까지 20년간 써낸 음악평론을 모은 『경계의 음악』의 일본어판 표지(아래).

호응하고, 전체는 그 깊숙한 곳에 있는 하나의 혼에 응답한다"는 글렌 굴드의 피아노 연주에 대한 묘사. "모차르트는 (오페라) 등장인물의 심정이나 의지가 낳은 합의와는 무관하게 사람들을 농락하는 어떤 추상적인 힘을 구현해보려는 시도를 했다고 나는 생각한다. 도덕적으로 대개 쓸모없는 대본을 사용한 것이 그 증거다"라는 지적. 피아니스트라면 굴드 외에 마우리치오 폴리니, 알프레트 브렌델, 언드라시 시프. 지휘자는 빌헬름 푸르트벵글러, 세르주 첼리비다케, 클라우디오 아바도……. 이 천재들에 관한 서술에서 내가 생각했던 대로라며 무릎을 치거나 그걸 통해 새로운 걸 발견하게 된다.

사이드는 『오리엔탈리즘』, 『문화와 제국주의』의 저자로 문화연구 분야에서 세계적으로 거대한 영향을 끼쳤을 뿐 아니라 팔레스타인 해방과 평화를 위한 활동가 겸 이론가로도 매우 중요한 족적을 남겼다. 그는 미국·영국군이 이라크를 침공한 2003년에 오래 살았던 뉴욕에서 세상을 떠났다. 『경계의 음악』은 사이드가 1982년 굴드의 죽음을 계기로 쓰기 시작해 자신이 죽기 직전까지 20년에 걸쳐 쓴 음악평론을 정리한 것이다. 무서울 정도로 바빴고, 백혈병이라는 난치병까지 안고 있던 사이드가 그토록 열심히 연주회장을 찾아다니며 그토록 깊은 즐거움(그것도 타협 없는 지적인 즐거움) 속에 음악을 접하고 있었다니, 놀라지 않을 수 없다.

팔레스타인계 아랍인이자 기독교도, 미국 국민이었던 그는 전문적인 고등교육을 받은 피아니스트이기도 했다. 미국 유명 대학 교수로 유복하고 만족스러운 인생을 보낼 수 있었을 텐데도, 사이드는 늘 불공정 때문에 고통받고 무시당하는 팔레스타인 민중을 응원하며 함께 싸웠다. 그에게 팔레스타인 해방투쟁과 클래식 음악의 즐거움은 무관한 게 아니었다. 다른 분야와 마찬가지로 음악비평에서도 항상 자신의 복합적인 아이덴티티에 토대를 둔 '내부의 타자'라는 관점에서 '중심부'의 독선을 가차 없이 비판했다.

집을 갖지 않겠다는 신조 때문에 사이드는 평생 부동산을 소유하지 않고 임대주택에서 살았다. 물론 작업장으로서 서재는 필시 갖고 있었겠지만. 사이드에 대해 쓰고 싶은 것은 많다. 이후 다시 한번 다루게 될 것이다.

살아남은 인간의 수치,
그럼에도 희망은 있는가

프리모 레비의 『가라앉은 자와 구조된 자』

내 서재 한쪽은 나치즘과 홀로코스트(유대인 학살)에 관한 책들로 채워져 있다. 수십 권이 넘는 그 책들 중에서 한 권만 추천하라고 한다면, 나는 프리모 레비Primo Levi, 1919~1987의 『가라앉은 자와 구조된 자 *I sommersi e i salvati*』를 택하겠다.

젊었을 때나 지금이나 '절망'이라는 감정은 내겐 친숙한 것이지만, 그 감정의 알맹이는 확실히 달라졌다. 지금 생각하면 예전에는 높고 두꺼운 벽에 갇혀 있는 것처럼 어디에도 출구가 보이지 않았다. 젊었을 때의 나는 사람들이 '사실'을 모르는 거라고 생각했다. 여기에서 '사실'이란 우선 일본의 조선 식민지배와 지금도 계속되는 재일조선인 차별을 가리키며, 또한 당시 한국 군사독재 체제 현실을 가리키지만, 거기서 끝나는 게 아니라 남아프리카공화국의 아파르트헤이트(흑백분리) 체제나 이스라엘의 팔레스타인인 억압 등 세계에 편재하는 비인도적·반인권적 현실을 가리킨다.

사람들이 사실을 알고 논리적으로 생각할 수 있다면, 이런 일이 언제까지고 방치될 리 없다. 나는 막연히 그렇게 생각했다. 내 절망감의 핵심에 자리 잡고 있던 것은 내가 갇혀 있기 때문에 사람들에게 사실을 알릴 수가 없다, 갇힌 채 인생이 끝나버릴지도 모른다는 그런 초조감이었다. 하지만 젊었던 내게는 '시간'이라는 애매한 '출구'가 있었다. 살아 있기만 하면 시간이 지나고 상황이 바뀌어 벽 바깥으로 나갈 수 있을지 모른다는 근거 없는 기대가 아직 남아 있었다. 행운이라고 해야겠지만, 시간이 흘러 나는 벽 바깥으로 나올 수 있었다. 그렇게 생각했다. 그러나 지금도 나는 절망과의 연줄을 끊을 수 없다.

일본에서는 2012년 말 우파 정권이 높은 지지를 얻으며 등장했다. 이 정권은 2011년에 일어난 파국적인 원전 사고가 아직 수습될 전망조차 보이지 않는데도 세계 각지에 원전을 수출하는 데 여념이 없다. 그럴 때 내거는 구호는 "세계에서 제일 안전한 일본 원전 기술"이다. 이것이 뻔뻔스런 거짓말이라는 걸 사람들이 모를까?

연예인에서 전국적인 정당의 리더로 출세한 오사카 시장 하시모토 도루[橋下徹]는 오키나와 주둔 미군의 성범죄 방지를 위해 그곳의 향락산업을 활용하라고 미군 사령관에게 권했다. 그것이 문제가 되자 일본군 위안부제도로 논점을 옮겨갔고, 거기에 대해서도 비판이 빗발치자 "진의가 잘못 전달됐다"며 언론에 책임을 전가했다. 그 분별없는 짓을 외국과 국제기관이 비판하자 다시 논점을 바꿔 세계에서 일본만이 오해받고 적대시당한다며, 마치 자신이 일본의 명예를 위해 싸우고 있는 듯 주장했다. 이게 전혀 이치에 닿지 않는 강변이라는 걸 사람들이 모를까?

일본에서는 극우단체가 매주 "조선인을 죽여라!"라거나 "한국인은 나가라!"라는 야비한 소리를 계속 외쳐대며 번화가에서 데모를 하고 있다. 유엔 인종차별금지조약이 명백히 금지하고 있는 증오범죄이고, 의당 일본 정부도 겉으로는 눈살을 찌푸렸지만 데모는 조금도 수습될 기미가 없다. 그들의 주장은 "재일조선인은 부당한 특권을 탐내며 일본인을 위협하고 있다"는 것이다. 이것이 유치한 거짓말이라는 걸 사람들이 모를까? 정말 '조선인'이 어떤 존재인지 따위는 그들에게는 아무래도 좋다. '조선인'이란 폭력적인 코미디에서 '악역'을 맡게 된 기호에 지나지 않으므로.

많은 사람들이, 총리부터 극우단체에 이르기까지, 비논리적이고 반윤리적인 주장을 마치 극장 객석에서 코미디를 보듯 즐기고 있다. 사람들의 관심사는 논리적 정합성과 윤리적 정당성 여부가 아니다. 재미있으면 되는 것이다. 현실은 이미 코미디 영역을 벗어나 평화나 인간 존엄의 가치를 심각하게 위협하고 있다. 하지만 사람들은 그런 데는 관심이 없다. 이 사람들은 사실을 모르는 게 아니라 알기를 거부하고 있는 것이다. 눈앞의 사리사욕, 비굴한 보신, 지적 태만과 무기력, 왜곡된 자기애, 기타 갖가지 이유로 그것을 거부하고 있는 것이다.

1990년대 들어 일본군 위안부 등 오랜 세월 침묵을 강요당한 피해당사자들이 목소리를 내기 시작했다. 사람들이 사실을 알 기회가 온 것이다. 그러나 20여 년이 지난 지금 눈앞에 펼쳐지고 있는 것은 (한국은 일단 제쳐놓고) 무참한 일본 사회의 현실이다. 이는 일본 사회에 국한되지 않는다. 차별, 불관용, 폭력이 세계 각지에서 개가를 올리고 있다.

지금도 나는 절망하고 있지만, 이 감각은 젊었을 때의 그것과는 다르다. 예전처럼 외부에 의해 갇히는 게 아니라 내부로부터 집요하게 피로감과 공허감에 침식당하는 감각이다. 이런 감각은 어느 정도는 프리모 레비의 영향을 받은 것이라는 점을 나는 인정한다. 그는 아우슈비츠에서 생환한 직후 『이것이 인간인가*Se questo é un uomo*』를 썼고, 그로부터 약 40년간 성실한 증언자로 살아간 뒤 『가라앉은 자와 구조된 자』를 출간한 다음 해인 1987년에 자살했다. 이 책을 관통하고 있는 것은 강제수용소 경험의 더욱 철저한 고찰이요, 인간존재에 대한 더욱 타협 없는 인식이며, 따라서 더 깊은 절망감이다. 거기에 비하면 내 절망 정도는 하찮은 것이다.

『이것이 인간인가』를 나는 1980년에 읽었다. 나는 일본에 있었으나 두 형들은 한국의 감옥에 갇혀 있었고, 광주에선 5·18이 한창 진행 중이었으며, 어머니는 말기 암으로 죽어가고 있었다. 10년쯤 뒤 한국에서 군사정권 시대가 끝나고 형들은 석방됐다. 나는 대학 교단에 서게 됐고 조금씩 책도 내게 됐다. 벽 바깥에 나가 사회적으로

발언할 기회를 얻은 것이다. 몇 년 뒤 레비가 자살한 사실을 알았다. 1990년대 중반에 어느 유명 출판사의 편집자 곤다이보 미에를 알게 됐다. 그녀는 원래 『이것이 인간인가』의 출판을 시도한 사람으로, 말하자면 일본에 레비를 소개한 공로자였다. 그런 사람한테서 레비에 대해 글을 써보지 않겠느냐는 제안을 받은 나는 있는 힘을 다해 『프리모 레비를 찾아가는 여행プリーモ·レーヴィへの旅』(한국어판은 『시대의 증언자 쁘리모 레비를 찾아서』)이라는 책을 썼다. 토리노와 아우슈비츠에도 직접 갔다. 그 책을 쓰던 중 아무래도 읽어야 할 책인데 아직 일본어로 번역되지 않은 책이 있었다. 『가라앉은 자와 구조된 자』였다. 곤다이보 씨가 그 몇 년 전부터 번역 출판을 기획했으나 아직 실현되지 않은 상태였다. 하는 수 없이 나는 사전을 찾아가며 영어판(*The Drowned and the Saved*)을 읽었다. 마음이 격렬하게 요동쳤다. '이 사람은 자살할 수밖에 없었군' 하는 생각이 절로 들었다. 자살하지 말았어야 한다거나 살아 있었으면 좋았을 거라는 등의 생각이 들진 않았다.

이 책을 보고 나치 범죄의 심각성, 모골 송연함에 다시 한번 치를 떨었지만, 그 이상으로 이 책은 '나치의'라고 한정할 수 없는 넓이와 깊이로 인간존재 그 자체의 위기를 파헤쳤다. 레비는 여기서 자신의 르상티망(원한)을 토로하진 않는다. '신'이나 '운명' 같은 초월적인 관념을 만들어내서 분노나 슬픔을 터뜨리거나 거기에서 위로받으려고

르상티망을 토로하지도, 초월적인 관념을 만들어내 위로받으려고도 하지 않는, 과학자 같은 절망의 해부자. 1980년대 살아생전 프리모 레비의 모습(위). 그리고 그가 자살하기 전해에 펴낸 『가라앉은 자와 구조된 자』의 이탈리아어판 표지(아래).

하지도 않는다. 그러기는커녕 자기 자신도 용서 없이 까발린다. 그는 다만 깊은 절망의 양상들을 과학자와 같은 솜씨로 해부한다. 냉혹하기조차 한 분석과 기술이 어디까지나 지적으로, 때로는 유머러스하게 펼쳐진다.

레비가 인생 마지막에 이 책을 남긴 것은 타인에게 사실을 알림으로써 그들이 제대로 이해할 수 있도록 하려던 것도 아니었다는 생각이 든다. "사람은 증언을 귀담아들으려 하지 않는다"는 증언을 그 사람들을 향해 말해봤자 무슨 의미가 있겠는가. 그래도 그는 이 증언을 써서 남겼다. 개인의 생물학적 생명 이상의 가치(일단 '진실'이라고 해둘 수밖에 없다)를 위해. 그리하여 레비는 설사 아무리 절망적인 것일지라도 진실을 추구하는 것의, 이렇게 말해도 된다면, '진정한 지적 즐거움'도 우리에게 준다.

완성된 내 책 표지에 이런 글귀가 적혀 있었다.

"살아남은 '죄', 인간이라는 사실의 '수치', 그래도 반드시 '희망'은 있다……."

곤다이보 씨가 생각해낸 문장이다. '희망은 있다'는 부분에 나는 저항하면서 굳이 '희망은 있는가?'라는 의문형으로 해달라고 했으나, 결국 타협하고 말았다. 그것을 지금도 후회하고 있다.

내 책 『프리모 레비를 찾아가는 여행』은 1999년에 출간됐고, 곤다이보 씨의 집념이 열매를 맺어 『가라앉은 자와 구조된 자』의 일본어판도 2000년에 마침내 간행됐다. 그 5, 6년 뒤 곤다이보 씨가 교통사고로 어이없이 급사했다. 그리고 다시 2, 3년이 지난 뒤 나는 일 때문에 그 출판사에 전화를 걸었다. 전화를 받은 편집부 직원은 나를 모르는 듯했으나 그건 흔히 있는 일이었다. 하지만 곤다이보 씨 이름을 얘기했는데도 그녀조차 알지 못했다. "그 사람은 외주 편집자였나요?" 따위의 질문이 돌아왔다. 30년이나 그 회사에 다니면서 프리모 레비를 일본 사회에 소개하는 문화적 공적을 남긴 인물을 사내의 후배들조차 모르는 것이다. 이 회사도 다른 출판사와 마찬가지로 눈앞의 판매실적 올리기에 보탬이 되는 책을 내는 쪽으로 방향을 바꾼 것이다. 이처럼 레비라는 존재를 알기를 거부하고 그 경고를 외면하면서 구원 없는 심연으로 빠져들어가고 있는 것이다.

내가 지금도 이따금 책장에서 이 책을 꺼내는 것은 안이한 '희망'에 눈이 멀고 싶지 않아서다. 『가라앉은 자와 구조된 자』는 일본에서는 품절로 절판됐다. 한국에서는 몇 년 전부터 번역 출판하려는 기획이 있었지만 아직 실현되지 않았다(이 책의 일본어판은 2014년에 재발행되었고, 한국어판은 같은 해에 출간되었다—편집자).

노예노동의 고통조차 넘어서는 인간에 대한 탐구욕

조지 오웰의 『파리와 런던의 밑바닥 생활』

나는 곧잘 유럽을 여행한다. 파리에 가면 카르티에 라탱Quartier latin에 있는 중국 식당을 반드시 한 번은 들른다. 오리 라면이 맛있는데, 비교적 음식 값이 싼 그 집은 언제나 만원이다. 요리를 나르는 직원이 드나들 때마다 지하 주방의 문이 조금 열린다. 그 안쪽 사정을 들여다볼 순 없지만 지옥의 가마솥 뚜껑이 열린 듯 견디기 어려운 열기만큼은 느낄 수 있다. 그 좁은 움막 같은 곳에서 하루 열 몇 시간씩 쉼 없이 달아오른 쇠가마와 격투를 벌이는 요리사의 노동이 얼마나 가혹한 것일까 하는 상상도 한다. 그럴 때 나는 언제나 『파리와 런던의 밑바닥 생활*Down and out in Paris and London*』을 떠올리는 것이다. 이 책은 1929년 대공황 시절을 전후한 시기에 파리와 런던의 밑바닥에서 꿈틀대던 사람들의 생태를 그린 르포다. 읽어보면 정말 재미있다.

'빈곤'이라는 문제가 일본에서 다시 관심사로 부각된 건 꽤 오래전이다. 1980년대 말 무렵까지만 해도 일본 사회의 다수는 '빈곤'이 해결되지 않긴 했지만 분배의 공정화가 이뤄져 서서히 개선될 수 있으리라 여기지 않았을까. 하지만 지금의 일본은 '빈곤'이나 '격차(양극화) 사회('불평등 사회'라고 해야 할 것이다)'라는 말이 절박감 속에 거론되는 사회가 됐다.

나는 2014년 11월 말, 한국이민학회에서 '잃어버린 25년'이라는 주제로 강연을 했다. 쇼와 천황(히로히토) 사망과 베를린 장벽 붕괴 이후 25년 사이에 일본 사회가 역사수정주의라는 잘못된 길로 빠져들었다는 내용이었다. 그러나 그 강연에서 충분히 얘기하지 못한 문제가 있다. 한 가지 예만 들어보겠다. 2014년 7월 후생노동성의 조사 발표에 따르면, '빈곤선(등가 가처분소득 중간치의 절반에 해당하는 선)' 이하 세대의 비율을 나타내는 '상대적 빈곤율'은 16.1퍼센트로, 사상 최악을 경신했다(참고로, 1985년의 상대적 빈곤율은 12.0퍼센트였다). 이는 대체로 일본인 여섯 명 중 한 명이 상대적 빈곤층이라는 걸 의미한다. 일본의 '잃어버린 25년'은 신자유주의 정책으로 국민 다수가 빈곤층으로 전락한 시대이기도 하다. 『파리와 런던의 밑바닥 생활』은 20세기 전반의 유럽을 다룬 것이긴 하나, 이런 사실을 염두에 두고 읽으면 색다른 현실감으로 다가올 것이다.

'빈곤'을 정면으로 묘사한 고전적 명저라면, 프리드리히 엥겔스의 『영국 노동계급의 상황*The condition of the working class in England*』을 맨 먼저 들 수 있을 것이다. 1845년에 출판된 이 책은 산업혁명 뒤의 영국을 무대로 자본주의에 무자비하게 착취당하는 사람들의 모습을 그리고 있다. "근면하고 유능하며, 런던의 모든 부자들보다 훨씬 더 존경받을 만한, 몇 천을 넘는 가족들이 인간 취급을 받지 못하는 이런 상태에 빠져 있다. 어떤 프롤레타리아도 예외 없이, 모두 자기 탓이 아닐 뿐더러 열심히 노력하고 있는데도 똑같은 운명에 빠져 있을지 모른다고 나는 주장한다. (……) 그저 묵을 곳이라도 있는 사람은 그래도 낫다. (……) 런던에서는 그날 밤 어디서 자야 할지조차 알 수 없는 사람 5만 명이 매일 아침 잠에서 깨어난다."

엥겔스로부터 90년이 지난 뒤 오웰이 묘사한 밑바닥 세계가 『파리와 런던의 밑바닥 생활』이다. 그 오웰로부터 다시 80년이 넘는 세월이 지난 지금 무엇이 근본적으로 개선됐다고 할 수 있을까.

그러나 앞서 얘기했듯이 이 책은 무엇보다 읽으면 재미가 있다. 그 재미의 이유는 차갑기도 하고 뜨겁기도 한 지은이의 독특한 인간 관찰 시선에 있다. 엥겔스의 시선이 사회과학자의 것이라면 오웰의 그것은 문학자의 것이다. 사회에 대한 비판의식을 확고히 견지하면서 그의 관심은 거기에서 숨 쉬며 살아가는 인간의 생태를 향하고 있다. 나 자신이 늘 모범으로 삼으려 하나 좀체 오웰처럼 되지 않는다.

조지 오웰George Orwell, 1903~1950의 본명은 에릭 아서 블레어Eric Arthur Blair. 영국 식민지 시대 인도 벵갈의 비하르 주에서 태어났다. 증조부는 자메이카에 농장을 보유했던 부재지주로, 잉글랜드 남서부 도싯 지방의 부유한 자산가였다. 조부는 성직자였다. 아버지 리처드는 인도 고등문관으로 아편을 재배해 팔았다. 어머니 아이다는 버마(미얀마)에서 자랐다. 이런 가계도를 보면 전형적인 19세기 대영제국 중산계급이라 할 수 있다. 제국의 가계에서 조지 오웰이라는 이단아가 태어난

게 참으로 흥미롭다.

오웰이 한 살 때 모자는 영국으로 귀국했고, 그는 1912년까지 인도에서 홀로 근무한 아버지 부재의 모자가정에서 자랐다. 성장한 그는 명문 이튼 칼리지에 진학했으나 몇몇 교수로부터 태도가 반항적이라는 평가와 함께 형편없는 성적을 받았다.

오웰은 아버지의 권유로 1922년에 영국을 떠나 버마의 만달레이에서 인도 경찰에 취직했으나 제국주의와 한편이 된 경관 일을 몹시 싫어했다. 1927년에 영국으로 돌아와 사표를 내고 다시는 버마에 가지 않았다. 1934년에 출판한 『버마 시절Burmese days』에는 현지인을 깔보는 영국인 인종주의자의 모습을 비롯해 제국주의가 야기한 부패와 고통이 묘사돼 있다. 이를 계기로 그는 부모의 반대를 무릅쓰고 문필가로 살아갈 결심을 했다. 부모에게 생활상의 부담을 지우기 싫어한 그는 1928년, 생활비가 런던보다 싼 파리로 옮겨가 싸구려 여인숙에 기거하면서 집필에 몰두했다. 그것을 발단으로 밑바닥 생활을 묘사한 작품이 이 『파리와 런던의 밑바닥 생활』이다. 파리에서의 짝꿍이라 할 수 있는 러시아인 망명객 보리스, 런던에서의 방랑자 생활 선배인 거리 화가 보조를 비롯해, 등장하는 밑바닥 인물들의 면면들이 애정 어린 필치로 생생하게 묘사돼 있다. 그 모든 걸 인용해 여기에 소개할 수 없는 게 유감스러울 정도다.

사회에 대한 비판의식을 견지하되 동시에 그 안에서 숨 쉬며 살아가는 인간의 생태를 속 깊이 들여다보는 글쟁이, 조지 오웰. 그에게는 인간이라는 존재를 알고 싶다는 불타는 탐구욕이 있었다. 그것이야말로 오웰에게 밑바닥 생활을 경험하게 한 동력이었을 터.

어느 날 런던에서 '들소의 사체에 모여든 독수리'와 같은 굶주린 백 명 정도의 부랑자들과 함께 그는 어느 교회에 갔다. 예배 설교를 들어주면 차 한 잔에 마가린을 곁들인 빵이 얻어걸리기 때문이다. 그러나 부랑자들은 제대로 설교를 듣지 않았고 도중에 도망치는 이들도 있었다. 설교 마지막에 목사가 "구원받지 못할 죄인에게 경고하노라!"라고 목청을 높여도 부랑자들은 태연히 "다음 주에도 또 공짜 차를 마시러 오겠소!"라고 외쳤다. 그 뒤에 이어지는 오웰의 감상이 실로 그의 진면목이라 할 수 있다. "그건 흥미진진한 광경이었다. (……) 보통 자선을 받을 때 사람들이 보여준, 벌레처럼 비굴한 태도와는 딴판이었다. (……) 자선을 받는 자는, 반드시라고 해도 좋을 정도로 베푸는 인간을 증오한다. 그것이 인간성의 제거하기 어려운 버릇(성벽)이다."

동시에 이 책에는 파리의 큰 호텔에서 접시닦이로 노예적 노동에 종사한 경험을 토대로 쓴 노동 현장의 계층구조에 대한 날카로운 고찰이 펼쳐진다. 또 영국에서 '방랑자'에게 가해지는 부조리한 규제에 대해서도, '스파이크(부랑자 수용시설)'의 무시무시한 내부 사정에 대해서도 이 책은 얘기한다. 당시 런던에서는 구걸이 법적으로 금지돼 있었기 때문에 가난한 이들은 "돈 좀 주세요"라고 하지 않고 "성냥 사세요"라고 해야 했다. 런던 시내의 공공장소에 앉아 있다가는 처벌

받기 때문에 간이 숙소로 돌아올 때까지 몇 시간이고 서 있었다고 한다. 앉을 자유조차 없었던 것이다.

이 책의 결론에 해당하는 부분을 조금만 인용하겠다. "생각해보면 부랑자란 묘한 존재로, 검토해볼 만한 가치가 있다. 필시 몇 만이나 되는 사람들이 방황하는 네덜란드인처럼 잉글랜드를 줄지어 걸어다니고 있다는 건 묘한 얘기다. (……) 어릴 적에 부랑자는 나쁜 사람이라고 배웠기 때문에 우리 마음속에는 어떤 관념적인 또는 전형적인 부랑자상이 만들어져 있다. (……) 오로지 구걸을 하고, 술을 마시고, 닭장을 덮치기나 하는 인간들이라는 게 그것이다. 이 정체 모를 부랑자상은 잡지 속 이야기에 나오는, 어쩐지 기분 나쁜 중국인들 못지않게 현실과 동떨어진 것이지만, 그런 편견을 버리기는 쉽지 않다."

이렇게 쓴 뒤 오웰은 자신의 경험을 토대로 그 편견을 논파하며 말한다. "물론 대다수의 부랑자가 이상적인 인물이라고 주장할 생각은 없다. 다만 그들은 보통의 인간이며, 세상 사람들보다 나쁘다고 한다면 그건 그들의 생활양식의 결과이지 원인이 아니라는 얘기를 하고 있는 것이다. 따라서 흔히 부랑자에 대해 보여주는 '꼴좋다'는 식의 태도는 장애인이나 환자에 대한 경우와 마찬가지로 잘못된 것이다."

오웰은 이렇게 글을 끝맺는다. "적어도 빈털터리가 되면 이런 세상이 기다리고 있어요, 라는 건 알게 됐을 것이다. 나는 언젠가 다시 한번 이 세계를 철저히 탐구해보고 싶다. (……) 접시닦이나 부랑자, 임뱅크먼트 역Embankment station(런던 도심의 지하철역)에서 자는 사람들의 혼 밑바닥을 이해해보고 싶은 것이다. 지금의 나는 가난의 주변 그 이상의 것까지 알고 있다고 볼 순 없다."

이런 호기심과 탐구심, 그리고 세밀한 기록 정신과 묘사력! 본래 그는 파리에서 밑바닥 생활을 경험할 수밖에 없는 처지는 아니었다. 부모에 기댈 수도 있었고, 숙모도 파리에서 살고 있었기 때문이다. 그렇지만 그는 그런 생활을 선택했다. 게을러서? 윤리감 때문에? 아니면 낭만적인 모험심 때문에? 그 어느 것도 아니라고 나는 생각한다. 그것은 인간이라는 존재를 그 깊숙한 곳까지 알고 싶다는 불타는 욕구 때문이다. 굶주림이나 노예노동의 고통조차 넘어서는 그 욕구가 이 작품 뒤에 『카탈루냐 찬가』를 쓰게 했고, 그를 20세기 최고의 르포 문학인으로 만들었다. 『동물농장』, 『1984』도 그런 정신의 산물인 것이다.

망각의 절망 속
어렴풋한 희망의 가능성에 대하여

루쉰의 「망각을 위한 기념」

오늘 도쿄는 쾌청했으나 요 며칠간 내린 큰 눈의 잔설들이 아직 거리에 두껍게 쌓여 있다. 눈이 많이 내린 지역은 교통이 두절되고 아직도 기차나 자동차 속에 갇혀 있는 사람들이 있다고 한다. 사망자도 나왔다. 그런데 텔레비전을 켜자 억지웃음의 아나운서들이 올림픽 금메달 소동을 거듭 전하고 있다.

추운 아침 작심하고 일어나 이 글을 쓰고 있다. 루쉰에 대해서는
이제까지 셀 수도 없을 만큼 썼는데, 책장에서 꺼낸 것은 닳아빠지도록 읽은 『루쉰 평론집』이다. 또 루쉰인가 하고 생각할 독자도 있겠지만 이 책이야말로 나의 '고전'이다.

한국에서 우리 집에 놀러온 젊은 벗이 이렇게 말했다.

"선생님이 쓰신 글을 보고 있으면, 요즘 들어 예전보다 더 비관적으로 보여요."

역시 그렇게 보이는구나 하는 생각을 했다. 일반적으로 보건대, 이 젊은 벗은 앞으로 나보다 20~30년은 더 살 것이다. 설사 어려움을 당하더라도 그 시간을 밝은 마음으로 지낼 수 있기를 바란다. 따라서 나의 비관을 함부로 젊은 사람에게 감염시켜서는 안 된다. 그렇게 생각하면서도 순간적으로 "오, 그래요. 비관적이지" 하고 대답했다. 젊은이를 거짓말로 속이는 것은 더 큰 죄를 짓는 것이라 생각했기 때문이다.

루쉰[魯迅, 1881~1936]이 쓴 「망각을 위한 기념」이라는 글이 있다. 1933년 2월 7~8일에 쓴 글이다. 그 2년 전 러우스[柔石] 등 좌익작가연맹의 청년 작가 다섯 명이 국민당이 비밀리에 총살한 백색테러의 희생자가 됐다. 루쉰은 자신에게도 위험이 닥쳐왔기 때문에 몸을 숨기고 피난해야만 했다. 그 2년 뒤에야 루쉰은 젊은 후배들을 애도하며 이 글을 썼다.

"나는 일찍부터 뭔가 짧은 글이라도 써서 청년 작가 몇 사람을 기념해야겠다는 생각을 하고 있었다. 그건 별다른 뜻이 있어서가 아니다. 2년 전 사건 이후 비통하고 분한 마음이 자꾸 치밀고 올라와 지금까지 가라앉지 않고 있기 때문이다. 나는 글을 씀으로써 몸을 흔들어 비애를 떨쳐내고 홀가분해지고 싶었다. 분명히 말하건대 나는 그들의 일을 잊고 싶었다. (……) 젊은이가 늙은이를 위해 기념사를 쓰는 게 아니다. 게다가 최근 30년간 나는 오히려 많은 청년들의 피를 봐야 했다. 그 피는 층층이 쌓여서 숨도 쉴 수 없을 정도로 나를 덮어 눌렀다. 나는 단지 이런 붓을 놀려 몇 구절의 글을 씀으로써 진흙 속에 작은 구멍을 파서 헐떡거리고 있을 뿐이다. 이게 어찌 된 세상인가. 밤은 길고, 갈 길 또한 멀다. 나는 잊어버리고 아무 말도 하지 않는 게 좋을지도 모르겠다. 다만 나는 알고 있다. 설령 내가 아니더라도 언젠가 반드시 그들을 생각해내고 다시 그들에 대해 말할 날이 오리라는 것을."

이 「망각을 위한 기념」을 나는 20대 후반부터 30대에 걸쳐 글자 그대로 읽고 또 읽었다. 그때, 즉 1970년대부터 80년대에 걸친 시대는, 일본에서는 세상이 탈정치에서 버블(거품) 경기로 향해 가던 시절이지만 한국에서는 유신체제 시절이다. 야만적인 정치폭력이 횡행하고 다수의 학생과 지식인 들이 투옥돼 학대와 고문을 당했다. 그런 시절에 나는 조국의 동포들이 겪고 있던 고통을 "잊고 싶었다." 그래서 루쉰의 이 글을 읽고 또 읽었던 것이다.

이제 이 글을 다시 읽어보니 내 비관의 질이 예전과는 조금 달라졌다는 느낌이 든다. 젊었을 때의 나는 "밤은 길고, 갈 길 또한 멀다"는 것을 비관했다. 하지만 지금은 "설령 내가 아니더라도 언젠가 반드시 그들을 생각해내고 다시 그들에 대해 말할 날이 오리라는 것"이라는 부분을 비관하고 있다. 사람들은 희생자를 기억하지 않는다. 과거에서 배우지 않는다. 무서운 속도로 모든 것이 천박해지고 있다. 루쉰 따위는 읽지 않으며, 설령 읽는다 해도 그 부름의 진실을 받아들이지 못한다.

동아시아의 평화는 지금 크게 위협받고 있다. '동아시아'란 어떤 지역인가. 그것은 아시아의 동쪽 지역이라는 의미가 아니다. 동아시아란 근현대에 일본이 침략전쟁을 벌이거나 식민지배를 한 지역이다. 버마(미얀마) 동쪽 아시아에서 일본의 침략이나 식민지배의 흔적이 없는 경우는 없다. 그런 장소에서 그곳 사람들과 함께 평화롭게 살아가야 한다. 따라서 그 역사에 등을 돌리는 것은 이 지역의 평화를 지키기 위한 기본 전제를 외면하는 자세라고 할 수밖에 없다.

지금의 일본 헌법은 아시아 2천만 피해자의 시신 위에 구축된 것이다. 그것은 패전과 함께 일본이 선언한, 두 번 다시 침략과 식민지배를 하지 않겠다는 국제공약이라고도 할 수 있다. 그럼에도 불구하고 '전후 체제로부터의 탈각'을 부르짖고 헌법 제9조(군대 보유와 전쟁을 하지 않겠다는 조항)의 개정·폐기를 추구하는 세력이 정권을 잡았다. 그것을 피해민족 입장에서 보면 일본은 이미 전후의 출발점에서 했던 약속을 지킬 생각이 없다는 메시지일 수밖에 없다. 하지만 이런 단순한 이치조차 완강하게 받아들이길 거부하는 사람들이 있다. 게다가 구세대만 그런 게 아니다. 거리에서는 '반한' '반중'을 외치며 정부 비판자들을 '반일분자' '매국노' 따위로 매도하는 세력이 시위를 계속하고 있다. 언론에도 호전적인 언사들이 넘쳐나고 있다. 불과 10년 전만 해도 상상할 수 없었던 현상이다. 그러나 이 위기적 사태 앞에 일본 국민 대다수는 무관심하고 무기력하다.

내가 일상에서 접하는 일본의 젊은이 한 사람 한 사람은 선량하고 가련하지만 이런 사회, 정치 현상에 대해 너무 무관심하다. 아니 그렇다기보다 어릴 때부터 관심 회로를 차단당한 채 성장한 사람들이라는 생각이 든다. 그런 의미에서 그들도 희생자이지만, 만일 전쟁이라도 일어나면 또다시 그들이 타자를 해치게 된다. 그런 일이 가까운 장래에 현실화할지 모르는데도 본인들은 그 위기를 느끼지 못한다. 두려움도 탄식도 분노도 모르는 사람들이 어떻게 '평화'를 지킬 수 있겠는가. 이렇게 해서 역사는 되풀이되는 것이리라. "제2차 세계대전 뒤의 한 시기에 일본에서 평화주의가 국민 사이에 널리 공유되는 듯 보인 예외적인 짧은 기간이 있었다." 이런 식으로 '역사화'돼 이야기될 시기가 임박했다. 한국에서는 어떤가? 유신체제와 민주화투쟁의 기억은 이미 '역사화'되고 만 게 아닌가?

내가 루쉰을 읽기 시작한 지 반세기가 됐다. 이 반세기를 되돌아볼 때 큰 것을 잃어버리고 그것을 잃어버렸다는 기억조차 잃어버리고 있다는 것을 통감한다. '평화'만 잃어버린 게 아니다. 그 가치를 위해 싸우며 자신을 희생한 사람들에 대한 기억도 잃어버리고, 그런 삶의 태도 앞에서 겸허해지려는 정신 그 자체를 잃어버리고 있다.

1950년대에 이와나미쇼텐 출판사에서 『루쉰 선집』 총 13권을 출간했다. 그 선집의 별책인 『루쉰 안내』에 시인인 나카노 시게하루中野重治가 「어느 측면ある側面」이라는 글을 실었다. 지난 수십 년간 내가 애독해온 글이다.

루쉰의 소설 『고향』의 한 대목. "생각건대, 희망이란 원래부터 있는 것이라고 할 수도 없고 없는 것이라고 할 수도 없다. 그것은 땅 위의 길과 같은 것이다. 원래 땅 위에는 길이 없었다. 걸어다니는 사람이 많아지면 그것이 길이 되는 것이다." 사진은 1930년 9월, 루쉰의 모습.

나카노 시게하루는 「망각을 위한 기념」에 대해 "이것은 말 그대로, 글자 그대로 받아들여야 한다고 나는 생각한다"고 얘기한다. "잊고 싶다"는 것은 반어가 아니다. 루쉰은 정말로 잊어버리고 싶은 것이다. 진흙 속에서 코만이라도 내밀고 숨 쉬고 싶을 정도로 고통스러운 상황 속에 루쉰은 처해 있었던 것이고 그렇게 썼다.

당시에는 만주사변(1931), 괴뢰국가 '만주국' 건설(1932), 제1차 상하이 사변(1932) 등 일본의 중국 침략이 급속히 본격화하고 있었다. 한편 반공·반혁명 노선을 택한 장제스 정권은 중국의 진보세력에 대한 공격을 강화하고 있었다. 작가 딩링丁玲 등은 체포당했고 양싱포楊杏佛는 암살당했다. 루쉰과 같은 입장을 취한 사람들은 일본 제국주의와 장제스 세력의 협공을 받고 있었다. 그 와중에 이 글은 씌었다.

"생각건대, 희망이란 원래부터 있는 것이라고 할 수도 없고 없는 것이라고 할 수도 없다. 그것은 땅 위의 길과 같은 것이다. 원래 땅 위에는 길이 없었다. 걸어다니는 사람이 많아지면 그것이 길이 되는 것이다."

루쉰의 소설 『고향』의 말미에 있는 이 말을, 나카노 시게하루도 지적하듯이, 많은 사람들이 "밝은 얘기로, 앞길에 광명이 있음을 깨닫고 나아가는 이들의 구호로 인용하고 있다." 하지만 그것은 읽는 이들에게 희망을 주려는 얘기가 아니다. 나카노는 "여기에서 희망이라기에는 너무 깊은 어둠과, 어둠 그 자체를 통해 필연적인 힘으로 솟구쳐 오르는 실천적 희망과의 생생한 교착"을 본다고 얘기한다. 그리고 나카노는 루쉰을 읽을 때마다 이렇게 생각한다. "나 또한 좋은 인간이 돼야지, 나도 어떤 일이 있어도 올곧은 인간이 돼야지, (………) 일신의 이해, 이기라는 걸 떨쳐버리고 압박과 곤란, 음모가들의 간계와 맞닥뜨리더라도 그것을 참아내고 끝까지 나아가야지, 고립되고 포위당하더라도 싸워야지 하는 생각을 자연스레 갖게 된다. 그쪽으로 향하게 된다."

생각건대, 이것이 시의 힘이다. 즉 승산이 있든 없든 그것을 넘어선 곳에서 사람을 움직이는 힘이다. 그런 루쉰의 정치와 문학의 결합을 나카노 시게하루는 "서정시 형태로의 정치적 태도 결정"이라고 불렀다. 일본의 시인 나카노 시게하루는 루쉰이라는 중국의 시인을 만나 그렇게 감동을 받았다.

여기에서 동아시아 근대의 만남이 빚어낸 어렴풋한 가능성을 엿볼 수 있었다. 그러나 그 어렴풋한 가능성조차 지금은 야비하고 천박한 소리들에 눌려 소멸의 위기에 처해 있다. 나도 젊은 시절 루쉰의 어두운 말에서 절망과 같은 모습을 한 '희망'을 발견한 사람 중 하나였다. 이제 나는 젊은이들에게 '희망'을 전하고 싶다. 하지만 그게 어렵다.

텍스트와 컨텍스트를
동시에 읽어내는 즐거움

니콜라이 바이코프의 『위대한 왕』

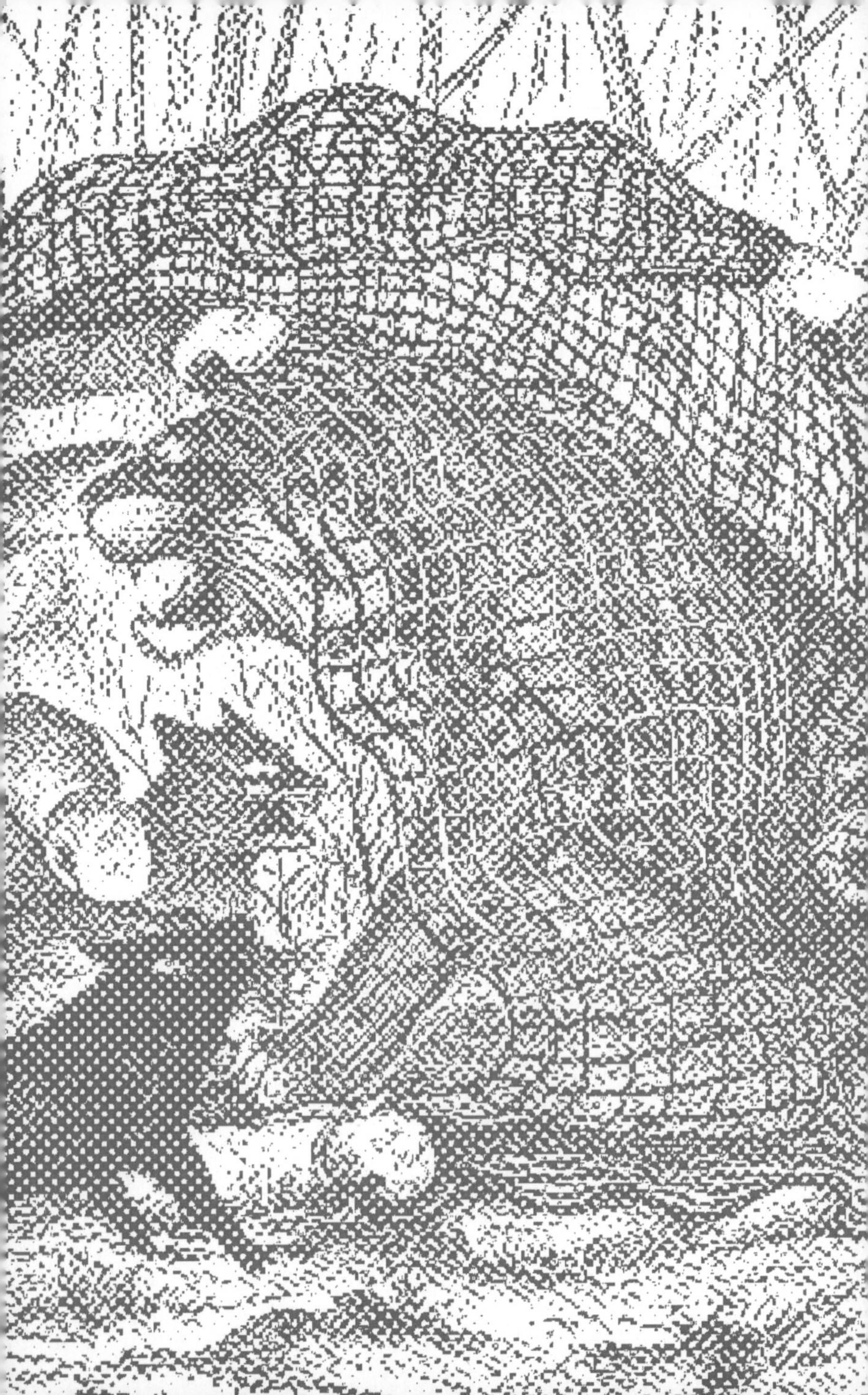

『위대한 왕』은 내 평생의 애독서다.

원래 나는 호랑이라는 동물을 좋아했다. 일본 교토 시에서 태어나 자란 나는 곧잘 시립동물원에 놀러갔는데, 다른 아이들이 좋아했던 얼룩말, 기린, 코끼리 같은 온순한 동물보다 뭐니뭐니해도 호랑이가 좋았다. 사자 따위와는 비교가 되지 않았다.

어른이 된 뒤에도 세계 각지를 돌아다녔는데, 가는 곳마다 그곳 도시들에서 내가 반드시 찾아가는 곳이 미술관과 동물원이다. 1980년대 초 어려운 상황 속에서 고립돼 있던 나는 암울한 심정으로 방랑의 여행을 이어가고 있었다.

어느 겨울날 서베를린에 갔다. 당시 독일은 아직 동서로 분단돼 있었고, 서베를린은 동독 안의 고립된 섬이었다. 본래의 중앙역은 장벽 너머 동베를린 구역에 편입됐기 때문에 서베를린의 중심이 되는 철도역은 조Zoo, 즉 동물원역이었다. 기차에서 내리니 과연 바로 앞에 동물원이 있었고, 동물들이 발산하는 특유의 냄새가 그 주변을 떠돌고 있었다. 그곳에는 그때까지 보지 못했던 거대한 호랑이가 있었다.

'아무르 호랑이'라는 표찰이 붙어 있었다. 체중은 300킬로그램이 넘을 것 같았다. 머리통만 어른 팔로 너끈히 한 아름은 될 듯했다. 호랑이는 우울한 표정이었으나 고고했고 위엄에 차 있었다. 30분이 넘도록 바라보고 있었으나 조금도 물러지 않았다. 30대 중반의 남자가 홀로 겨울의 동물원에 가서 외투 깃을 세우고 오랫동안 말없이 호랑이 우리 앞에서 시간 가는 줄 모르고 서 있었던 것이다. 그때 내 마음속에는 어릴 적에 읽은 『위대한 왕』 이야기가, 그 미세한 디테일과 비극적인 결말에 이르기까지 생생하게 되살아나고 있었다.

그 호랑이는 '위대한 왕'의 자손이었을까. 분명 얼굴의 줄무늬는 '왕王'자 모양이었는데……. 그 뒤에도 세계 각지의 동물원에 몇 번이나 가봤지만 그때 베를린에서 본 것만큼 멋진 호랑이는 다시 만나지 못했다.

2, 3년 전 오랜만에 베를린 동물원에 가봤다. 동서독은 통일되고 베를린 장벽도 제거돼 새로운 중앙역이 세워졌기에 동물원역은 예전의 지위를 잃어버렸다. 동물원에 호랑이들이 있긴 했지만 20년 전에 만난 그 거대한 호랑이의 모습은 보이지 않았다. 죽어버린 걸까. 아니면 그것은 고독했던 내 마음이 만들어낸 '위대한 왕'의 환영이었을까.

재일조선인인 나는 일본 교토 시에서 소학교를 다녔다. 처음 『위대한 왕』을 읽은 것은 소학교 3, 4학년 무렵이다. 니콜라이 바이코프의 원작을 도미사와 우이오가 어린이용으로 새로 쓴 것을 일본어로 읽은 것이다. 지금도 생생하게 기억하고 있는데, 그것은 고단샤講談社

판 세계명작전집의 하나로 들어 있었다. 나는 이 전집으로 에리히 케스트너의 『하늘을 나는 교실』과 쥘 베른의 『15소년 표류기』 등 평생 재산이라고도 할 수 있는 작품들을 많이 읽었다. 하지만 『위대한 왕』은 그 전집 중에서 이색적인 작품이었고, 다른 명작과는 다른 명료한 인상을 내게 남겼다.

우선 그 무대부터 동아시아였다. 늙은 중국인 사냥꾼 퉁리가 존경스런 인물로 그려져 있었다. 세계명작전집의 저자들은 다수가 서양인이고, 『삼국지』 등의 중국 고전을 빼고는 작품의 무대가 서구 세계였으며, 등장인물도 아시아인은 거의 없었다. 그런데 『위대한 왕』은 호랑이가 주인공이고 인간은 조연에 지나지 않았다. 인간의 시선이 아니라 호랑이의 시선으로 '호랑이의 마음'을 그려놓았다. 물론 진짜 '호랑이의 마음'을 알 순 없겠지만 아이들 생각에는 그것이 진짜 '호랑이의 마음'이라고 여길 만큼 설득력 있게 써놓았다. 그리고 어린이용으로 지어낸 환상이 아니라 어떤 위엄과 비애감이 작품 전체에 감돌고 있었다. 이런 점들이 다른 많은 아동문학 작품들과는 다른 이 책의 특징이었다.

그런데다 『위대한 왕』의 아버지 호랑이가 백두산에 사는 '조선 호랑이'였던 것도 어린 재일조선인이었던 나를 매료시켰다. '조선'이라는 말에는 늘 경멸이나 조롱의 여운이 붙어다니는 일본에서, 비록

'조선 호랑이' 이야기라고는 하나 이 말이 경의의 대상으로 사용되는 예를 경험한 것은 그때가 처음이었으니까. 『위대한 왕』을 읽고 용기를 얻은 나는 '조선 호랑이'가 얼마나 크고 강한지 같은 반의 일본인 아이들에게 자랑했다. 그리고 사자가 더 세다고 우기는 아이와는 결국 싸우기까지 했다.

어른이 되고 나서도 『위대한 왕』을 향한 내 사랑에는 변함이 없었다. 주오코론샤中央公論社에서 이마무라 다쓰오의 완역판이 나오자마자 사서 단숨에 읽었다. 낫살깨나 먹은 중년 남자가 읽어야 할 책들은 제쳐둔 채 동물소설을 탐독하고 있었으니, 지인들 눈에는 이상하게 비쳤을지도 모르겠다. 어른이 돼 현실 사회의 잔혹성과 인간의 우둔함을 지겹도록 알게 된 뒤에도, 아니 그러면 그럴수록 『위대한 왕』의 세계는 더 소중해졌다.

1992년 여름, 나는 일본의 한 대학 학술조사단에 참여해 중국 길림성 연변조선족자치주를 처음 방문했다. 일본에서 태어나 자랐다고는 하나 한국 국적자인 나는 냉전체제 붕괴와 한중 국교수립 때까지 중국에 가볼 수 없었다. 내가 이 조사단에 들어가고 싶어했던 개인적인 동기는 크게 두 가지였다. 하나는 용정 교외에 있는 시인 윤동주의 묘를 찾아가는 일이었다. 그리고 또 하나 몰래 가슴에 품고 있던 동기는 저 백두산의 조선 호랑이에 대해 뭔가 좀 알아내고 싶다는 치기 어린 소망이었다.

중국 쪽에서 백두산에 올라 정상에 서서 내려다보니 사방에 펼쳐진 산록들이 검은 바다처럼 울창한 수림을 이루고 있었다. 이 숲의 바다를 자신의 왕국으로 삼은 호랑이는 영악한 인간들이 그어놓은 국경선 따위에 아랑곳하지 않고 조선에서 만주로, 다시 극동 러시아로 자유롭게 돌아다녔던 것이다. 그러나 이 위대한 밀림의 왕자도 물밀듯이 밀려오는 인간들에 쫓겨가게 된다. 그 배경에는 근대문명의 개발을 빙자한 러시아와 일본의 침략이라는 역사가 깔려 있었다. 지금은 북조선 호랑이는 거의 절멸했고, 극동 러시아 지역에 겨우 남아 있는 호랑이들도 1990년대 말에 개체수가 500마리 정도밖에 되지 않는 것으로 조사돼 절멸 위기에 처해 있다.

백두산을 내려와 기슭에 있는 자연박물관에 가보니 이 지방 야생동물 박제 표본들이 진열돼 있었다. 거기에는 조선 호랑이 박제도 있었는데, 예상과 달리 야위고 볼품이 없었다. 그 조사단의 일본인 연구자가 "뭐야. 이거, 의외로 작잖아" 하는 얘기를 듣고, 그 말에 아무런 악의가 없다는 걸 알면서도 언짢은 기분이 들었다. 어릴 적부터 지녀온 꿈이 또 하나의 현실에 배반당하면서 낙담했던 것이다.

한국에서는 어린이용 다이제스트판은 있었지만 2007년에야 『위대한 왕』의 완역판이 처음 간행되었다. 게다가 프랑스어판을 번역한 것이라고 했다. 번역의 저본이 된 프랑스어판의 낡은 책을 직접 볼 기회가 있어서 손에 쥐어봤다. 그러자 내 마음속에 야생 호랑이 이야기와는 다른 또 하나의 낭만적인 풍경이 펼쳐졌다. 저자 니콜라이 바이코프 그 자신의 기구한 방랑 이야기다.

출판사는 파리, 생제르맹 대로 106번지의 파요[PAYOT]. 발행 연도는 1938년. '지리학총서' 중 한 권으로 간행됐다. 저자 자신이 그린 서른 여덟 점의 삽화도 들어 있다. 이 삽화가 근사하다. 러시아어를 프랑스어로 옮긴 사람은 피에르 볼콘스키 왕자라 돼 있다. '왕자'라고 했으니 필시 망명 러시아인 귀족일 것이다.

니콜라이 아폴로노비치 바이코프[Николай Байков, 1872~1958]는 1872년, 지금의 우크라이나공화국 수도 키예프에서 태어났다. 어릴 적부터 자연이나 동물에 특별히 깊은 관심을 갖고 있던 그는 이윽고 사관학교에 진학해 군인이 됐고, 서른 살 무렵 만주에서 근무하게 된다. 19세기 말, 세계의 열강들이 앞다퉈 중국(당시 청나라) 침략에 나섰는데, 러시아는 1896년에 만주와 블라디보스토크 사이를 잇는 동청철도 부설권을 얻었고, 이 철도는 1901년에 완성됐다. 러시아는 이 철도수비대로 군대를 주둔시켰는데, 바이코프는 철도수비대의 일원으로 만주에 부임했던 것이다. 하지만 바이코프가 열중한 것은 자연과 동식물 조사였다.

자연과 동물에 대한 사랑뿐 아니라 이를 넘어선 정치적 은유까지 담아내고 있는 니콜라이 바이코프의 『위대한 왕』. 위 사진은 바이코프가 직접 그려 이 책에 수록한 삽화 중 하나로, 사냥꾼의 그물에 걸린 호랑이의 모습이 묘사되어 있다. 아래 사진은 『위대한 왕』의 일본어판 표지.

이윽고 1914년부터 제1차 세계대전이 시작되고, 이어서 1917년 10월엔 러시아혁명이 일어나자 바이코프는 반혁명 쪽인 백군에 가담했다. 그 결과, 간섭전쟁(외국군들이 러시아혁명을 무너뜨리려고 개입해 혁명군과 싸운 전쟁)이 적군(혁명군)의 승리로 끝나자 그는 러시아로 돌아갈 수 없게 된다. 터키, 이집트, 인도 등을 전전하다가 마침내 다시 만주 하얼빈으로 돌아간다. 당시 만주는 일본 제국주의 세력이 지배하고 있었고, 하얼빈에는 사회주의 러시아에서 도망쳐 나온 많은 백계 러시아인들이 살고 있었다.

『위대한 왕』의 원작은 1936년에 하세가와 슌의 번역으로 일본어 신문인《만주일일신문滿洲日日新聞》에 연재돼 호평을 받았고, 일본 분게이슌주샤文藝春秋社에서 출판돼 베스트셀러가 됐다. 1936년은 일본과 독일의 방공防共 협정이 체결됐고, 일본 국내에서는 2·26사건이라는 군사쿠데타 미수 사건이 일어난 해다. 이미 '만주국'이라는 괴뢰국가를 세운 일본은 다음 해인 1937년부터 중국 본토에 대한 본격적인 침략전쟁을 개시한다.

그 작품『위대한 왕』은 1938년에 바이코프와 같은 망명 러시아인의 손으로 파리에서 프랑스어로 번역, 출간된 것이다. 프랑스어판이 나온 다음 해에는 나치 독일이 폴란드를 침공함으로써 제2차 세계대전이 시작됐다.

이렇게 보면 바이코프의 작품세계는 지리적으로는 광대한 유라시아 대륙의 동서를 잇는 널따란 폭을 갖고 있고, 시간적으로는 19세기 말 열강들의 아시아 침략에서 사회주의 혁명을 거쳐 제2차 세계대전에 이르는 긴 시간대를 갖고 있는 셈이다. 개인으로서의 바이코프는 자연과 동물을 한없이 사랑했겠지만, 이런 맥락 위에 놓이게 되면 그의 작품은 단순한 동물소설의 영역을 넘은 정치적 은유의 색채를 띨 수밖에 없을 것이다.

근대문명에 의해 파괴당한 대자연과 절멸 위기에 내몰린 야생동물들은 구미 열강들에 침략당한 아시아 피억압 민족들에 대한 은유로 읽을 수도 있다. 그렇게 읽으면 또 조선 호랑이 자손의 비극적인 최후는 조선 민족 그 자체의 운명에 대한 은유로도 읽을 수 있다. 당시의 조선인들, 내 조상이나 선배 들은 이 이야기를 어떻게 읽었을까. 정말 그것이 알고 싶다.

당시 일본인들이 이 이야기를 환영한 것은, 자국의 전쟁을 아시아 해방의 성전이라 강변하면서 정당화하려는 심리 때문이었을 것이다. 위엄 가득한 호랑이 왕도 마침내 죽듯이 '뒤떨어진 아시아' 또한 소멸해갈 운명에 처해 있다. 그들 일본인 다수는 거기에서 '소멸의 미학'을 느끼고 애착을 가지면서도, 동시에 자신들이 구미를 모방한 침략의 길을 가고 있다는 사실에 의문을 품지는 않았던 것이다.

바이코프의 작품은 일본인들에게 그런 식으로 읽혔을 것이라고 상상할 수 있지만, 그것은 원래 러시아 제국 군인으로서, 이른바 러시아의 아시아 침략 첨병으로 만주에 온 바이코프 자신이 안고 있던 자기모순의 결과였다고도 할 수 있다. 동물학, 박물학, 지리학, 민족학 등의 학문 분야나 탐험소설, 동물소설 등의 문학 장르가 제국주의 침략의 역사와 함께 발전해온 사실을 떠올려보면 이는 별로 이상할 것도 없다.

이런 맥락 위에 씌어진 것이라고 해서 어릴 적 『위대한 왕』을 읽었을 때의 흥분과 기쁨이 손상당했다고 낙담할 필요는 없다. 어릴 적에 이 책을 통해 얻은 것은 텍스트를 읽는 즐거움이었다. 그리고 위에서 얘기한 것처럼, 이 책이 어떤 역사적 배경에서 어떤 인물에 의해 씌어지고 누구에게 어떻게 받아들여졌는지, 그것을 어떻게 생각해야 할지 등에 대한 관심은 컨텍스트(문맥)를 읽는 것이라고 할 수 있다. 바이코프의 『위대한 왕』은 뛰어난 문학들 다수가 그러하듯이 텍스트를 읽는 것과 컨텍스트를 읽는 것, 이 2중의 즐거움을 우리에게 안겨준다.

니콜라이 바이코프는 혁명과 전쟁의 시대에 조국을 잃어버린 사람이었다. '국가'에 절망하고 '자연' 속으로 자신을 침잠시키려 했다. 그는 인간의 비소[卑小]함을 싫어했으며, 자연의 위대함에 무한한 애정을 쏟아부었다. 하지만 현실 정치는 그를 그대로 놔두지 않았다. 전쟁 전에는 일본의 독자들에게 인기가 있었으나 전쟁이 일본의 패배로 끝나자 어디에도 갈 데가 없어졌다. 일제의 괴뢰국가인 만주국은 붕괴했고, 국공내전을 거쳐 사회주의 중국이 탄생했다. 하얼빈의 백계 러시아인들은 모습을 감췄다. 바이코프는 전쟁이 끝난 뒤 한때 일본에 머물렀으나, 결국 오스트리아로 가서 1958년에 여든다섯의 나이로 세상을 떠났다.

바이코프가 남긴 작품은 대자연에 대한 만가挽歌임과 동시에 하나의 역사적 시대에 대한 증언서이기도 하다. 여기서 물어야 할 것은, 지금 이 시대에 우리가 이 이야기에서 무엇을 읽어낼 것인가 하는 것이리라.

현대의 지식인들이여,
아마추어로 돌아가라

에드워드 사이드의 『지식인의 표상』

맨 처음 글에서 나는 에드워드 사이드의 책을 다루면서 "사이드에 대해 쓰고 싶은 것이 많다. 이후 다시 한번 다루게 될 것이다"라고 썼다. 이제 그 약속을 지키려 한다.

사이드가 2003년 9월 25일 세상을 떠난 직후 일본 어느 잡지의 의뢰를 받아 나는 짤막한 추도문을 썼다. 그 글은 다음과 같이 시작한다. "에드워드 사이드라는 인물에게 나는 얼마나 많은 빚을 지고 있는가. (……) 지금 돌아보건대, 1990년대에 내가 만일 사이드를 읽지 않았다면, 하고 생각한 적이 있다. 그랬다면 적어도 나의 정신적 방황은 지금보다 훨씬 더 의지할 데 없고 훨씬 더 혼돈스러웠을 것임에 틀림없다."

여기서 '1990년대'라고 강조한 데에는 몇 가지 이유가 있다. 사적인 얘기부터 하자면 1990년대에 들어서면서 이미 마흔에 가까운 나이가 된 나는, 그때까지 전혀 예상하지 못했지만, 대학 교단에 서게 됐다. 전문적 연구자나 교육자로서의 훈련을 받은 적 없는 내가 대다수가 머조리티(다수자=일본 국민)인 전문가들 속에 내던져진 것이다. 그때 내가 염두에 두었던 게 사이드가 『지식인의 표상 *Representations of the intellectual*』을 통해 내려준 지침이었다. 그는 이 책에서 역사 서술이나 문학에서 지배층의 이야기 master narrative 에 피지배자들의 대항적인 이야기 counter narrative 를 대치시키는 것이 장차 인류의 '새로운 보편성'을 구축하는 데에도 중요하다고 강조했다. 나는 일본 사회에서 지배층의 이야기에 대해 재일조선인이라는 마이너리티(소수자) 입장에서 대항적인 이야기를 제시하는 것이 내 역할이라고 마음에 굳게 새겼다.

1990년대는 냉전과 동서 대립 이후의 시대다. 세계는 (사회주의 대국이었던 중국까지 포함해서) 시장경제 지상주의가 석권하고 있었으며, 이에 저항하는 사람들은 거점과 지침을 잃고 표류하기 시작했다. 어제까지 열렬한 사회주의자였던 이들이 일순간에 손바닥 뒤집듯 국수주의자가 되고 졸지에 재벌이 되는 걸 지켜봤다. 이른바 선진국에서 사이비 포스트모더니즘이 지적 유행이 되고 언론이나 학술 세계에서도 상대주의와 불가지론이 만연해, '도덕' '정의' '진실' 등의 말은 거의 냉소의 대상이 돼버렸다. 그런 와중에 굴하지 않고 식민주의를 고발하고 해방투쟁의 대의를 끊임없이 설파한 사람이 사이드다.

그는 죽음을 앞두고 집필한 『오리엔탈리즘』 신판 서문에 이렇게 썼다.

"나는 내가 의도한 것을 '인문주의(휴머니즘)'라 불러왔다. 이 말을 세련된 포스트모던 비평가들은 바보 취급을 하며 물리쳤지만, 나는 완고하게 계속 써왔다."

구미 지식인들 다수가 이미 잃어버렸든지 포기해버린, 이 완고해 보이기조차 한 '인문주의' 정신에서 나는 '최후의 승리의 필연성' 따

단호함이 담긴 에드워드 사이드의 두 문장. "나는 내가 의도한 것을 '인문주의'라 불러왔다. 이 말을 세련된 포스트모던 비평가들은 바보 취급을 하며 물리쳤지만, 나는 완고하게 계속 써왔다." 사진은 미국 샌프란시스코 주립대학 학생회관에 걸려 있는, 사이드를 추모하며 제작한 벽화의 모습.

위를 설파하는 어떤 연설보다도 더 큰 위로와 격려를 받았다. '최후의 승리의 필연성' 따위를 입에 올릴 수 없게 된 시대에 그래도 계속 싸울 수밖에 없는 이들에게 사이드라는 존재는 큰 격려였다.

2001년에 이른바 '9·11 사태'가 일어난 직후 미국 텔레비전 방송은 사건 보도에 환호하는 팔레스타인 민중의 모습을 내보냈다. 그걸

보면서 반사적으로 사이드는 어떻게 할까, 그라면 지금 무슨 말을 할까, 하는 생각을 했다. 사건 뒤 일주일 정도 지나는 동안 사이드는 신문과 잡지를 통해 애국주의적이고 호전적인 집단적 열광에 빠져서는 안 된다, '이슬람' 대 '서구'라는 단순화된 대립 구도에 빠져서는 안 된다, 테러 방지에 필요한 것은 군사력이 아니라 '인내와 교육'에 대한 투자다, 라고 얘기했다(이때 발표한 사이드의 글들은 일본에서 『전쟁과 프로파간다戦争とプロパガンダ』라는 제목으로 출간되었다—편집자).

그러나 세계는 '전쟁'이라는 가장 단순하고 출구 없는 대립 구도 쪽으로 몰려갔다. 최강의 부국 미국이 영국과 일본 등의 동맹국과 한몸이 돼 최빈국인 아프가니스탄에 폭탄을 비처럼 쏟아부었다. 일반 민중의 희생이 잇따르고 수십만의 난민이 생겨났다. 미국 대통령 조지 부시는 이라크 침공작전을 소리 높이 외쳤다. 그 구실로 삼은 것은 후세인 정권과 알카에다가 강하게 연결돼 있다, 이라크는 대량 살상무기를 감춰두고 있다는 것이었다. 이라크라는 한 국가가 철저히

파괴당하고 수많은 시민들이 목숨을 잃은 뒤에야, 그 어떤 주장도 근거 없는 트집거리에 지나지 않았다는 사실이 드러났으나 누구도 이 대의명분 없는 파괴의 책임을 추궁당하지 않았다.

미국 정부가 이라크 침공 계획을 강하게 밀어붙여 미국과 세계 여론이 이를 추종하고 있던 2003년 초, 사이드와 직접 만나 대담할 기회가 내게 찾아왔다. 일본 NHK 방송의 가마쿠라 히데야 디렉터 등이 팔레스타인 인권변호사 라지 수라니, 사이드, 그리고 나 세 사람의 좌담을 기획한 것이다. 사이드가 바쁘고 건강 상태도 좋지 않아 맨 처음에 장소는 뉴욕으로 계획했다. 한데 미국 정부가 수라니의 비자를 발급하지 않아 그 계획은 무산됐다. 다음 기회는 이집트였다. 사이드는 그해 3월에 카이로와 알렉산드리아에서 강연을 할 예정이었다. 이집트라면 물론 아주 고단한 일이긴 하지만 수라니도 달려올 수 있었다. 그런데 그때는 내 사정이 맞지 않았다. 어쩔 수 없이 수라니와 사이드의 대담이 되고 말았다. 그 프로그램 촬영 중에 미국·영국군의 이라크 침공작전이 시작됐다. 그로부터 반년 뒤 사이드는 뉴욕에서 세상을 떠났다. 사이드와의 좌담이 좌절당한 대신 그의 사후에 수라니가 일본에 와 오키나와에서 나와 대담하는 프로그램을 만들었다. 수라니를 중개자로 놓고 간접적으로 사이드와 대화를 한 셈이 됐다.

생각해보면 나는 20년 이상 사이드의 저서를 가까이해왔는데, 그 중에서도 『지식인의 표상』은 내게 입문서였다고 할 수 있다. 서문 몇 쪽만 읽어도 이 책의 독특한 내력이 주는 재미를 느낄 수 있다. 이 책은 영국 BBC 방송 라디오에서 한 강연의 기록이다. 이런 강연을 제작, 방송한 BBC의 식견과 도량에도 감복한다. 단 한 번으로 단편화한 정보 프로그램이 아니라 6회 연속 강좌였다. 그렇게 하지 않고는 제대로 된 교양을 전할 수 없다.

이 연속 강좌(리스 강연)는 1948년의 버트런드 러셀 이래 영국과 미국의 쟁쟁한 지식인들이 강사를 맡아왔다. 거기에 아직 아랍 세계에 살고 있었으며 사춘기 소년 무렵부터 이 프로그램을 들었던 사이드가 출연했다는 사실 자체가 이른바 '포스트콜로니얼(포스트식민주의)' 한 사건이었다고 할 수 있을 것이다. 아니나 다를까, 그의 출연에 대해 '팔레스타인 사람'에게 붙여진 '폭력, 광신, 유대인 살해'라는 판에 박힌 이미지의 비난이 쏟아졌다. 게다가 사이드는 이 강연에서 "지식인의 공적 역할을 아웃사이더요, '아마추어'이며, 현상의 교란자"라고 주장했던 것이다.

일본에서는 '지식인'이라는 말이 오래전부터 거의 사어가 됐다. 대학교수나 언론인 등 지적 직업에 종사하는 사람들 다수는 '지식인'이라 불리면 "아니, 나 같은 사람이 뭐……"라고 몸을 비틀며 부정하는 게 상례다. 그것은 겸손한 태도라고 할 수도 있으나, 반면에 지식인으로서의 책임을 회피하려는 무책임한 자기 보신이라고도 할 수 있다. 한국에서는 어떠한지? 내 인상을 얘기하자면, 한국에서는 '지식인'이라는 말만은 아직 살아 있다. 다만 "나는 지식인이다"라며 가슴을 펴고 있는 사람들이 그 책임을 다하고 있는지는 또다른 문제다.

사이드는 이 책에서 오늘날 지식인 본연의 자세를 위협하는 것은 아카데미도 저널리즘도 출판사의 상업주의도 아닌 '전문주의(프로페셔널리즘)'라고 단언한다. "현재의 교육제도로는 교육 수준이 높아질수록 그런 교육을 받은 사람은 좁은 지[知]의 영역에 갇혀버린다." 전문 분화[specialization]된 사람은 "그저 순종하는 존재"가 된다. "당신 자신의 감동이나 발견의 감각은 사람이 지식인이 될 때 절대적으로 필요한 감각인데 전문 지식인이 되면 모두 압살당하고 만다." 그 결과 '자발적 상실' 현상이 일어난다. 그런 사이비 지식인들이 정부나 기업 주변에 모여든다. 그 복합체를 형성하는 무수한 세포와 같은 개개의 사람들은 얼핏 가치중립적인 전문가들처럼 보이지만 전체적으로 보면 무자비하다고 할 정도로 냉혹하게 권력을 행사하거나(종종 전쟁까지도!) 이윤을 추구한다. 그런 '군산학[軍産學] 복합체' 문제는 이미 1960년대의 베트남전쟁 시절부터 지적돼온 것이지만, 점점 더 악화돼 지금은 후쿠시마 원전 사고와 일본의 '원자력 마피아'만 보더라도 명백하다.

일본의 아베 정권은 '전후 체제로부터의 탈각'을 외치며 평화주의를 포기하고 전쟁을 할 수 있는 국가로의 전환을 밀어붙이고 있다. 그럴 때 동원하는 전형적인 수법이 '유식자有識者 회의'라는 것이다. 대학교수 등의 계급장을 단 '유식자', 실은 아베 정권에 가까운 사이비 지식인들에게 자문하고 답신을 받아 일반인들의 비판을 "풋내기(아마추어)" 얘기라며 봉쇄해버리고 자의적인 정책 결정을 한다. 사이드가 비판한 '전문가'들이 유감없이 활용되고 있다. 거기에 있는 사상은 시니컬하기까지 한 우민관愚民觀이다.

사이드는 이런 전문주의에 저항하기 위해 '아마추어리즘'에 입각해야 한다고 주장했다. "아마추어리즘이란 이익이나 이해, 또는 편협한 전문적 관점에 속박되지 않고 걱정憂慮이나 애착이 동기가 돼 활동하는 것이다. 현대의 지식인은 아마추어여야 한다. 아마추어라는 건 사회 속에서 사고하고 걱정하는 인간을 가리킨다."

나는 일본과 한국의 (본인들이 어떻게 자칭하든) 지식인들에게 호소하고 싶다. 아마추어로 돌아가라, 그리고 세계와 인류에 대한 책임을 지라고.

그대는 침묵으로
살인에 가담하고 있는 것은 아닌가

이브라힘 수스의 『유대인 벗에게 보내는 편지』

조금 전 NHK 텔레비전 뉴스는 이스라엘의 군사 침공으로 살해당한 임신부의 몸에서 꺼낸 아기 영상을 내보냈다. 오늘(2014년 7월 27일) 아침 신문은 팔레스타인 가자지구 사망자가 1천 명을 넘었다고 전했다. 그 대부분은 민간인으로, 아이와 여성 희생자도 많다. 이스라엘 쪽 사망자는 병사 45명, 시민 3명. 제노사이드(대량학살)가 진행되고 있다. 그것도 전 세계 사람들이 지켜보는 가운데.

그런 시대이기에 오히려 더욱 느긋하게 '내 서재 속 고전'을 얘기하는 것도 나쁘진 않겠지만, 그게 내게는 어렵다. 그래서 내가 책장에서 꺼낸 책이 『유대인 벗에게 보내는 편지*Lettre á un ami juif*』이다.

지은이 이브라힘 수스Ibrahim Souss는 이 책 발간 당시(1988년) 팔레스타인해방기구PLO의 파리 주재 대표를 맡고 있었다. 1945년에 예루살렘에서 태어났으나 1948년 이스라엘 건국으로 그의 일가는 국외로 도망갈 수밖에 없었다. 어려서부터 음악가를 지망해 파리의 음악사범학교를 수석으로 졸업한 뒤 뮌헨과 런던 음악학교에서 공부한 피아니스트다. 그러나 1967년 제3차 중동전쟁 뒤 음악가의 길을 단념하고 해방기구 활동에 전념했다. 프랑스에서는 피아니스트, 외교관으로서만이 아니라 시인이자 소설가로도 알려져 있다. 그런 사람이 '유대인 벗'에게 보내는 공개서한이라는 형식으로 쓴 게 이 책이다. 시처럼 아름답고 비통한 언어로 가득 차 있다. 그 처음 몇 구절.

"나치의 한 무리가 유럽을 침략했을 때 알베르 카뮈는 『독일인 벗에게 보내는 편지Lettres á un ami allemand』에 '어떤 승리도 득될 게 없을 것이다. 그리고 인간의 어떤 훼손도 만회할 수 없을 것이다'라고 썼다. 오래전부터 머릿속에서 몇 번이고 거듭 생각했던 이 구절을 다시 읽으면서 나는 그대를 생각했다. 그리고 그대에게 편지를 쓰기로 했다. 왜냐하면 이 말의 깊은 의미가 이 결정적인 순간에, 중단된 적 없었던 우리 우정의 역사에서 분기점에 도달한 이때 설마 그대의 이해 범위를 넘어설 것이라고 나는 믿지 않기 때문이다."

이 책은 직접적으로는 1987년 12월부터 시작된 팔레스타인 주민의 인티파다intifada(이스라엘의 점령에 반대한 팔레스타인의 대규모 대중 봉기)를 계기로 쓰였다. 당시 돌을 던지는 아이들에게 이스라엘군이 중화기로 응사하는 모습이 세계에 널리 보도됐다. 아이들을 포함한 많은 시민들이 희생당했다. 그 상황에서 지은이는 '유대인 벗'에게 "침묵해서는 안 된다"는 말을 하고 있는 것이다.

"우리 두 사람은 거의 암묵적으로 이렇게 생각하는 데 의견이 일치했다. 팔레스타인 땅의 아랍인과 유대인이 공존하는 길은 설사 아무리 꼬불꼬불하고 온갖 장애가 가로놓여 있다 하더라도 역시 걸어갈 값어치가 있는 것이라고. 우리의 대화는 결코 중단돼서는 안 되는 것이었다."

『유대인 벗에게 보내는 편지』의 한 대목. "팔레스타인 땅의 아랍인과 유대인이 공존하는 길은 설사 아무리 꼬불꼬불하고 온갖 장애가 가로놓여 있다 하더라도 역시 걸어갈 값어치가 있는 것이라고. 우리의 대화는 결코 중단돼서는 안 되는 것이었다." 사진은 1987년 12월 팔레스타인에서 발생한 인티파다 현장의 모습.

하지만 현실에서 진행된 일은 그의 호소와는 거리가 멀다. 이 책의 일본어판은 1989년에 간행돼 금방 품절이 됐으나 2001년 12월 증보판이 나왔다. 그 이유는 그해 9월 11일 뉴욕 세계무역센터 폭파 사건 뒤 당시 이스라엘의 샤론 정권이 팔레스타인 자치구에 대한 군사 공세를 강화해 다시 많은 희생자가 나왔기 때문이다. 그 뒤에도 가자에는 2008~9년과 2012년 두 번에 걸쳐 대규모 침공이 감행돼 파괴와 살육이 무자비하게 자행됐다. 2014년의 공습은 적게 잡아도 세 번째 침공이다. 팔레스타인의 고난이 계속되는 한 이 책은 그 역할을 끝낼 수 없는 것이다.

일본의 주류 언론은 가자가 47년간이나 국제법상 위법 상태에 놓여 있고, 또한 8년에 걸쳐 국제법상 위법적인 봉쇄 상태에 놓여 있다는 것, 그 때문에 주민들의 기본적 인권이 모조리 부정당하고 있다는 사실을 거의 보도하지 않는다. 그 때문에 보도만을 보고 있으면 현재 상태의 책임은 이집트의 정전안을 받아들이지 않는 하마스 쪽에 있는 듯한 인상을 받게 된다. 그러나 하마스는 이집트의 정전안을 거부한 직후 봉쇄 해제를 조건으로 10년간의 휴전협정을 이스라엘에 제안했다. 이것 자체도 충분히 보도되지 않았다. 이스라엘이 이 제안을 받아들이기만 하면 10년간의 휴전이 실현되는 것이다. 그러나 네타냐후 정권은 이 제안을 거부하고 제노사이드를 강행하고 있다.

아랍문학 전문가인 오카 마리岡眞理 교토대 교수에 따르면, 팔레스타인 전문가 나디아 히잡Nadia Hijab은 다음과 같은 말을 했다.

"하마스는 정전을 받아들이겠다는 생각이지만, 그러나 그것은 이스라엘이 존중하고 준수하는 정전이며 가자에 대한 봉쇄를 해제하는 정전입니다. 가자의 팔레스타인 사람들은 압도적 다수를 점하는 민간인들이나 하마스 등의 당파 멤버들이나 모두 2007년 이후 (봉쇄하에서) 서서히 살해당하든지, (공격을 받아) 일순간에 살해당하든지 양자택일을 강요당하고 있습니다. 이스라엘이 가자에 대해 가하고 있고 이집트도 그 유지에 협력하고 있는 엄중한 봉쇄의 결과, 음료수도 없고 영양 상태도 좋지 못한데다 의료마저 충분치 못한 탓에 질병으로 죽든지, 이스라엘이 '잔디를 깎을' 때가 됐다고 결정하면 순식간에 죽든지, 둘 중에 하나라는 겁니다."

"잔디를 깎"는다니……. 이스라엘은 저항세력의 힘을 거세할 목적으로 정원의 잔디를 깎듯이 정기적으로 군사행동(무자비한 파괴)을 자행하고 있다는 얘기다. 인간은 '잔디'가 아니다.

가자에는 바로 앞 글에서도 언급한 나의 오랜 친구 라지 수라니 씨가 살고 있다. 실은 그는 2014년 7월에 일본에 올 예정이었고 나와의 대담도 계획하고 있었다. 그런데 가자가 무자비한 봉쇄를 당해 그는 출국할 수가 없었다. 개미 한 마리 기어나갈 틈도 없을 만큼 엄중하게 봉쇄된, 200만 명이 사는 좁은 지역에 폭탄과 포탄을 쏟아붓고 있다. 라지는 무사할까? 언제나 가자 시민들과 함께 있기를 희망해 온 그는 계속 목숨을 부지할 수 있을까?

일본인 저널리스트 도이 도시쿠니土井敏邦가 그에게 질문했다. "당신은 '인간의 존엄이 생명보다 소중하다'고 하지만, '하마스의 로켓탄 공격에 맞선 이스라엘의 (보복) 공격 때문에 우리는 더 큰 고통을 겪어야 한다'고 항변하는 주민도 적지 않다고 생각합니다만?" 이에 대해 라지 수라니는 대답했다.

"'인간의 존엄이 생명보다 소중하다'는 것은 나 자신에게 한 말입니다. 하지만 나뿐만 아니라 내 주변의 이성적인 사람들도 그렇습니다. 이 봉쇄와 공격 뒤 가자는 '동물농장'과 같은 상황이 됩니다. 봉쇄, 실업, 빈곤, 분단, 폭격, 살육, 유혈……. 하수도도 관리가 되지 않아 하수를 바다에 그대로 흘려보내야 하니 바다를 오염시키고, 자신의 운명도 스스로 결정할 수 없으며, 건설적인 생활도 보통 사람처럼 행동하는 것도 불가능합니다.

따라서 가자의 사람들은 이미 더 잃을 게 없습니다. 이런 비참한 상황, 비인간적인 상황에 놓여 있는 것입니다. 우리는 지금 곧바로 팔레스타인을 해방시킬 수 없다는 건 알고 있습니다. 하지만 적어도 사람들은 이스라엘의 억압과 공격을 일방적으로 감수할 뿐인, 저항

없는 '좋은 희생자'가 되고 싶어하진 않습니다. 인간으로서의 '긍지'와 '힘(강함)'을 갖고 싶은 겁니다. 확실히 사람들은 피를 흘리고 까무러치고 모든 걸 잃었다는 절망감도 있지만, 그래도 자유와 인간으로서의 존엄을 소중히 여기고 있습니다. 그리고 자신의 아이들 눈에서 수치가 아니라 긍지를 보고 싶은 바람을 갖고 있습니다."

가자에서 일어나고 있는 일은 1943년 4월 바르샤바에서 일어난 사건의 충실한 재현처럼 보인다. 모든 희망을 잃은 뒤 게토 내의 유대인 전투조직이 빈약한 무기를 손에 쥐고 반란을 일으켰다. 살기 위해서가 아니라 그나마 존엄을 주장하며 죽기 위해서였다. 봉기는 약 1개월 뒤에 진압됐다. 5만 6천여 명의 유대인이 붙잡혀 그중에서 약 7천 명이 '섬멸', 7천 명은 트레블린카 절멸수용소에서 '처리'됐다. 5천~6천 명이 폭파 또는 화재로 사망했으며, 나머지는 각지의 강제수용소로 보내졌다. 이에 비해 독일인과 그 협력자 중 죽은 사람은 겨우 16명이었다.

일찍이 게토에서 봉기한 유대인처럼 가자의 팔레스타인인들이 그나마 남은 존엄을 위해 저항하고 있다. 홀로코스트 피해자 이야기를 국가의 정당성을 뒷받침하는 근거로 이용하고 있는 이스라엘이 나치의 포학을 충실하게 재현하고 있다.

이브라힘 수스는 "그대들의 사형집행인이었던 자들의 족적을 찾아보고자" 유럽 각지에 남은 나치 강제수용소 유적지를 찾아갔다. 친구의 '불안'을 이해하기 위해서다. "나는 그 불안을 그 열차 속에서, 저 꺼림칙한 등록번호가 문신으로 새겨진 그대의 팔을 본 날 이해했다. 바로 그래서 그대의 미망, 우유부단, 주저를 용납하는 것이다. 이스라엘 국가에 의해 모든 걸 빼앗긴 내가. 나의 집, 나의 정원, 나의 국기, 나의 여권, 나의 조상 묘, 그 모든 것을 빼앗긴 내가. 그리고 그런 내가 다시 한번 그대에게 손을 뻗고 있다. 그것은 두 가지가 나 자신의 마음속 깊이 남아 있기 때문이다. 이스라엘 국가가 살인적 광기를 휘두르더라도 나한테서 빼앗아갈 수 없었던 두 가지, 그것은 나의 존엄과 나의 양심이다."

이 책의 마지막 몇 문장은 다음과 같다. '유대인 벗'만이 아니라 우리 모두에게 던져진 질문이다. 세계는 가자에서 진행되고 있는 포학을 계속 방관할 것인가?

"왜 그대는 '타인의 뼈를 부수면 부술수록, 자기 자신의 뼈를 꺾게 될 것이다'라고 애끓는 심정으로 감히 얘기하는 사람들에게 용기를 주지 않는가. 그대는 그대의 침묵으로 살인자들에게 가담하고 있는 것은 아닌가."

비관적 현실을 냉철하게 응시하는 낙관주의자를 만나다

요한 하위징아의 『중세의 가을』

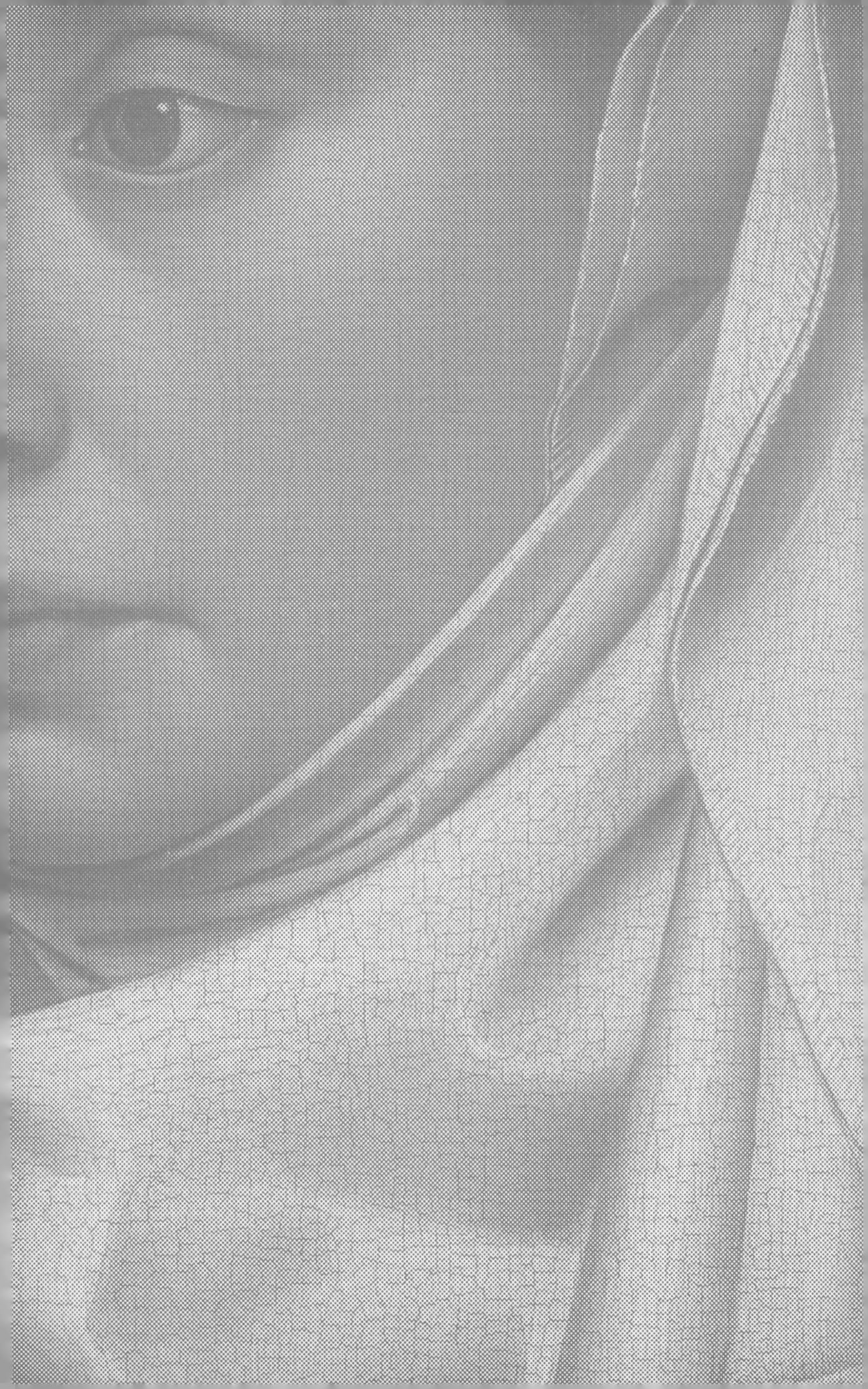

앞의 글에서 언급한 이스라엘의 가자지구 침공은 2천여 명이나 되는 희생자를 내고 일단 '장기 정전'에 합의했지만, 문제가 근본적으로 해결된 건 아니다. 우크라이나에서도 전투가 이어지고 있다. 아프리카에서는 에볼라 출혈열이 맹위를 떨치고 있다. 지구 곳곳에서 이상기후가 이어지고 있고, 일본에서는 2014년 여름 큰비로 산사태가 나 많은 사람들이 희생당했다. 후쿠시마 원전은 사고 수습이 불가능한 상태에서 방사능을 계속 흩뿌리고 있다. 한국에서도 고리 원전이 호우 때문에 정전되는 사고가 있었다. 후쿠시마 원전과 같은 큰 사고가 언제 일어나도 이상할 게 없는 상태다. 전 세계가 동시다발적으로 나락을 향해 굴러가고 있는데도 누구 한 사람 그것을 막아낼 방도가 없다. 그렇게 느끼는 건 내가 너무 비관적이어서인가.

이번 글에서는 바로 그런 때이니만큼 더욱 읽어보고 싶은 '나의 고전'을 소개하려고 한다. 1919년에 간행된 『중세의 가을 *Herfsttij der middeleeuwen*』은 네덜란드의 석학 요한 하위징아 Johan Huizinga, 1872~1945가 쓴 역사학의 고전적 명저로, 지금도 세계적으로 읽히고 있다. '프랑스와 네덜란드의 14, 15세기 생활과 사고의 여러 형태에 대한 연구'라는 부제가 붙어 있다.

지은이는 이렇게 말한다. "이 책은 14, 15세기를 르네상스의 도래를 알린 시기가 아니라, 중세의 종말로 보려는 시도이다."(네덜란드어판 서문) 이 점에서 이 책은 야코프 부르크하르트Jacob Burckhardt가 1860년 『이탈리아 르네상스의 문화*Die kultur der Renaissance in Italien*』를 펴내면서 문을 열어젖힌 뒤 당시의 주류적 언설이 된 중세사·르네상스사 이해에 이의를 제기한 야심작이다. 하지만 역사학에 문외한인 나는 이 논점에 깊이 들어갈 실력이 없다. 다만 역사를 소재로 한 장편 에세이로서의 이 책이 지닌 유례없는 재미에 매료당했다는 걸 고백해두고자 한다.

"중세 문화는 이때, 그 생애 최후의 시기를 맞아 마치 꽃을 활짝 피워 만개한 나무처럼 가지가 휘도록 많은 열매를 맺었다. 낡은 사고의 여러 형태들이 만연하면서 살아 있는 사상의 핵을 뒤덮고 에워쌌다. 그리하여 하나의 풍성한 문화가 말라 시들어가며 주검으로 굳어간다. 이것이 앞으로 얘기할 내용의 주제다."

'중세의 가을'은 인상 깊은 번역이지만, 하위징아 자신이 감수한 영어 번역에서는 이 '가을'이란 말을 'waning', 즉 '조락凋落'으로, 프랑스어 번역에서는 'décline', 곧 '쇠퇴'로 옮겼다. 말하자면 하나의 생물체의 사멸처럼, 지은이는 '중세'라는 시대가 몰락해가는 모습을 지켜보려는 것이다. 이 책 제목이 불러일으킨 연상으로 내 뇌리에는 지금 '현대의 가을'이라는 단어가 떠올랐다. 지금 나는 '현대'라는 시대의 몰락을 지켜보고 있는지도 모른다. 거대한 폭력과 함께했던 이 시대는, 그러나 동시에 가냘프긴 했으나 '진보'와 '평화'라는 가치에 대한 막연한 희망을 품게 했다. 20세기에 들어 두 번의 세계대전과 홀로코스트 등으로 이런 희망은 뼈아픈 타격을 받았지만, 그 타격을 교훈 삼아 미래에 대한 기대를 이어가려는 사상적 시도가 이뤄지기도 했다. 그러나 이제, 즉 신자유주의가 전 세계를 석권하는 시대를 맞아 그런 사상적 시도는 일거에 탁류 속으로 떠밀려, 멈춰 서서 조용히 성찰하는 태도를 상실했다. 도처에서 냉소주의가 야만스런 개가를 올리고 있다.

"조센진을 죽여라" "위안부는 날조다" 따위의 야만스런 소리를 내지르는 일본 사회 구성원들의 모습은 페스트가 유럽을 덮쳤을 때 "유대인을 죽여라"라고 외치던 중세인의 모습과 겹쳐지고, 20세기 전반 나치 대두 시절의 사람들 모습과도 겹쳐져 보인다. 이토록 역사가 거듭되고, 또 이토록 수많은 경험을 하고서도 인간의 천박성과 야만성은 조금도 개선되지 않았다. 하위징아라면 지금 이 시대를 어떻게 볼까. 그 몰락을 어떻게 그렸을까. 나는 그런 눈으로 거듭 이 고전을 펼쳐 읽는다.

"이 저술의 출발점은 반에이크와 그 제자들의 예술을 좀더 잘 이해하고 싶다, 그 시대 생활 전체와의 관련 속에서 파악하고 싶다는 바람에 있었다"고 지은이는 얘기한다. 나와 이 책의 만남도 그와 좀 닮았다. 지금부터 약 30년 전 나는 난생처음 유럽 여행길에 나섰다.

거기서 마주친 수많은 미술 작품과의 대화를 『나의 서양미술 순례』라는 책으로 썼다. 하지만 당시의 나는 플랑드르파 회화의 거장들에 대해서는 거의 예비지식이 없었다. 벨기에 브루게에서 헤라르트 다비트의 〈캄비세스 왕의 재판〉을 만났을 때의 놀라움에 대해서는 그 책에서 이미 썼다.

그 여행길 마지막에 들렀던 런던 내셔널 갤러리에서 얀 반에이크의 〈아르놀피니 부부의 초상〉을 비롯해 로히어르 판 데르 베이던이나 한스 멤링 등 플랑드르파 회화의 명품들을 봤다. 같은 곳에서 만난 로베르트 캄핀의 〈부인상〉에서 받은 감명에 대해서도 이미 썼다. 왜 이처럼 단지 아름다울 뿐만 아니라 놀라울 정도로 생생한 회화가 14, 15세기라는 시대에 플랑드르라는 특정 장소에서 집중적으로 산출됐을까? 그런 의문에 대한 궁금증을 억누르지 못하고 나는 그 뒤 몇 번이나 벨기에와 네덜란드를 찾아갔고, 프랑스 부르고뉴 지방의 본도 방문했다. 본에는 1443년에 지어진 유명한 시료원(지금의 호스피스)이 있고 거기에는 로히어르 판 데르 베이던의 제단화 〈최후의 심판〉이 있다.

『중세의 가을』 제1장에는 '고된 생활의 기조'라는 제목이 붙어 있다. "세계는 아직 젊었고, 5세기 전 무렵에는 인생사가 지금보다 훨씬 선명한 형태를 띠고 있었다. (……) 재난과 결핍은 수그러들지 않

『나의 서양미술 순례』에서는 로베르트 캄핀의 〈부인상〉에 대해 이렇게 기술하고 있다. "이 시대에는 실제적인 목적으로 초상화가 많이 그려지게 되었고 화가들은 사실적인 솜씨를 서로 경쟁했던 것인데, 이 〈부인상〉은 철저한 사실의 극치로서 젊은 여성의 내면에 있는 아련한 인간적 기미까지를 그려내는 데 성공하고 있다."

았다. 역겹고도 가혹한 것이었다. (……) 영예와 부를 열심히 추구하고 탐욕스럽게 향수한 것도 지금에 비해 가난이 너무나 비참하고 명예와 불명예의 대조가 너무나 선명했기 때문이다. (……) 처형을 비롯한 법의 집행, 상인의 호객 행위, 결혼과 장례식 등 모두가 요란스레 고지되고 행렬, 호객 소리, 애도의 울부짖음, 그리고 음악이 동반됐다."

이처럼 대단히 회화적인 어투가 이 책을 가득 채우고 있다. 그것을 접하면 실로 중세 유럽을 직접 보는 듯한 감흥에 사로잡힌다. 페스트의 대유행, 유대인 학살, 백년전쟁, 십자군, 되풀이되는 기근 등 잔혹하고 무참했던 사건들로 뒤덮인 시대였다. "15세기라는 시대만큼 사람들이 죽음의 사상에 짓눌리고 끊임없이 강렬한 인상을 받은 시대는 없었다. '메멘토 모리(죽음을 기억하라)'라는 외침이 생활의 모든 국면에서 끊임없이 울려 퍼지고 있었다."

그런 시대가 역설적이게도 저 보석과 같은 플랑드르파 회화를 낳은 것이다. "지금 우리 눈에 비치는 중세 말기라는 시대에는 반에이크나 멤링의 고귀한 비참, 깊은 온화함의 빛이 비치고 있다." 하위징아는 이렇게 쓴 뒤 언어예술이 "시대의 고뇌라는 쓴맛"을 직접 표현하는 데 비해서 조형예술은 그 고뇌를 "정화"하고 그것을 "비가의 영역으로, 조용한 온화함의 경지로" 이끈다고 얘기한다. 잔혹한 시대일 수록 청정온화한 예술이 산출된다는 것이다.

하위징아는 1872년 네덜란드 북동부의 흐로닝언에서 생리학 교수의 차남으로 태어났다. 어학의 천재였던 듯, 처음에는 비교언어학을 공부해 유럽 언어들은 물론 산스크리트어, 아랍어, 히브리어, 슬라브어 등도 익혔다. 일관되게 열린 사고와 태도를 지닌 정통 인문학자였다고 할 수 있다.

그가 레이던 대학 총장으로 있던 1933년에 이 대학에서 영국·프랑스·독일·이탈리아 등의 학생회의가 열렸다. 이 회의에 참가했던 독일 대표단 지도자가 연설하면서 "유대인에 의한 기독교도 영아 살해" 이야기를 했다. 이는 중세 이래 되풀이돼온 반유대주의 선동이다. 하위징아는 이 독일 대표단 지도자를 별실로 불러 그것이 선동이라는 걸 알고 얘기했는지 물었다. 대답은 "그렇다"였다. 하위징아는 "거짓인 줄 알면서 중상을 일삼는 인물을 대학에 둘 순 없다"는 말과 함께 떠나줄 것을 요구했다. 그 때문에 독일 대표단은 전원 철수했다. 이 사건이 나중에 하위징아가 나치로부터 적대시당하는 발단이 됐다고 한다.

1940년 나치 독일의 네덜란드 점령과 함께 레이던 대학은 폐쇄되고 1942년 하위징아는 다른 네덜란드 저명인사들과 함께 강제수용소에 갇혔다. 다행히 그는 중립국 스웨덴의 개입으로 3개월 뒤 석방

됐으나 독일 국경에 가까운 데스테흐라는 땅에서 사실상 연금 생활을 해야 했고, 독일 패전을 3개월 앞둔 1945년 2월 1일 그곳에서 세상을 떠났다. 일흔 살이었다.

1935년 나치 독일의 위협이 현실화해 전 유럽을 덮쳤을 때 하위징아는 저서 『내일의 그림자 속에서 *In de schaduwen van morgen*』의 속표지에 이렇게 썼다.

“사람들은 이 책 때문에 나를 비관주의자라고 부를지도 모르겠다. 하지만 나는 내가 낙관주의자라는 점만 밝혀두겠다.”

이 글을 쓴 5년 뒤 나치 점령하에서도 그는 낙관주의자였을까? 그리고 그 5년 뒤 종전을 보지 못한 채 세상을 떠날 때도 낙관주의자였을까?

내가 같은 처지였다면 그러기 어려웠을 것이라고 얘기할 수밖에 없다. 하지만 이 책을 펼칠 때마다 이런 생각도 든다. 역사가 하위징아는 우리와는 다른 척도를 지니고 있었다. 저 잔혹한 중세의 사회상을 묘사하면서 그 시대가 낳은 예술을 애석해 마지않았던 그라면, 틀림없이 비관주의적 현실을 냉철하게 응시하는 낙관주의자였을지도 모른다고.

관용은 연민이 아니라 생기발랄한 관심이다

미셸 드 몽테뉴의 『몽테뉴 여행 일기』

서른 살이 넘도록 일본이라는 폐쇄적인 공간에 갇혀 살았던 데 대한 반동 때문인지 나는 자주 여행을 떠난다. 행선지는 한결같이 유럽이다. 2014년 봄에도 3주일 정도 이탈리아에서 로마, 페라라, 토리노를 돌아다니다 왔다. 나는 왜 여행을 떠나는가. 내가 원래 여행을 좋아하는 건지 잘 모르겠다. 나는 매사에 귀찮아하는 사람으로, 사람 기피증이 약간 있어서 이른바 여행애호가는 아니다. 그런 내가 여행에 관한 책을 읽고 "야, 재미있다"라고 감탄하는 순간이 있다. 그것은 내 지식이나 감각이 수천 킬로미터의 거리, 수백 년의 시간을 넘어 부쩍 넓어졌다고 느낄 때다.

지난봄의 로마 방문 목적은 17세기 초의 화가 카라바조의 작품을 집중적으로 살펴보는 것이었다. 여행에서 돌아와 「카라바조의 로마」라는 글 한 편을 《마음》이란 잡지에 실었는데, 그때 나는 데즈먼드 수어드Desmond Seward의 『카라바조 작열의 생애カラヴァッジョ 灼熱の生涯』를 참조해서 그걸 토대로 카라바조가 살고 있던 당시의 로마에 대해 이렇게 썼다.

"로마는 카니발 때 활기를 띠었다. 행렬이나 장식 수레, 가면무도회, 투계, 말 타고 창 겨루기 등의 행사가 벌어졌다. '불쌍한 노인이나 유대인 경주'도 열렸다. 그들은 벌거벗고 달렸으며 온갖 오물을 덮어쓴 채 조롱당했다. 사순절의 성 목요일 밤에는 몇천 명이나 되는 신자들이 횃불을 들고 성 베드로 대성당을 향해 줄지어 갔다. 그중에는 피가 나도록 자신의 등에 채찍질을 하는 500인의 수행승도 있었다. 성 토요일에는 성 베드로와 성 바오로 두상 인형이 산 조반니 인 라테라노 성당을 장식했다."

수어드는 이런 얘기도 덧붙였다. "카라바조는 산탄젤로 다리와 시의 성문 위에서 썩어가는 무수한 머리들을 본 게 분명하다. (……) 로마는 16세기의 기준으로 보더라도 더없이 위험한 도시였다. 만일 카라바조가 폭력적인 인간이었다면 이 도시가 지닌 폭력성이나 야만성에도 어느 정도 그 책임이 있었을지 모른다."

그런데 내 추측으로는, 수어드는 거의 틀림없이 『몽테뉴 여행 일기*Journal de voyage*』를 참조했을 것이다. 몽테뉴의 저서에 사순절 행렬에 관한 더 상세하고 생생한 기술이 있다. 예컨대 채찍질 수행승을 묘사한 대목은 이렇다.

"(행진의) 대열 한복판에 한 줄의 고행회원들이 섞여 있었는데, 스스로 자신의 몸을 채찍질하고 있었다. 그 수는 적어도 500. 등줄기는 피부가 벗겨져 있고 피투성이여서 차마 눈뜨고 볼 수 없는 광경이었다. (……) 그럼에도 그들을 살펴보니 그 걸음은 태연했고 하는 말도 분명했다(나는 지금 그들 몇 명이 서로 주고받는 말을 들었다). 내 바로 옆에 매우 젊고 사랑스런 얼굴의 소년이 있었다. 한 젊은 부인은 소년이

중세 카니발의 풍경은 작가들에게는 글을 쓰게 하고, 화가들에게는 붓을 들게 할 만큼 강렬하고 이채로운 것이었다. 16세기 플랑드르 화가인 피터르 브뤼헐은 〈카니발과 사순절의 싸움〉(1559)이라는 작품을 통해 카니발의 풍요로운 풍경과 사순절의 절제하는 풍경을 한 화폭에 담아냈다.

그렇게 상처입은 모습을 보고 불쌍히 여겼다. 그러자 소년은 우리 쪽을 돌아보고 웃으면서 이렇게 말했다. '울지 마세요. 내가 이렇게 하는 것은 당신의 죄업 때문이지 나의 죄 때문이 아닙니다.' 그들은 그 행위에 대해 고뇌하거나 애쓰는 모습을 조금도 보이지 않을 뿐만 아니라 오히려 환희 속에서 그걸 하고 있다."

이런 대목을 만나면 여행의 기쁨과 책을 읽는 기쁨이 일체화하면서 내 상상은 단숨에 활성화된다. 바로 몇 달 전 내가 걸어다녔던 오랜 도시의 성당, 광장, 다리가 그대로 여기에 등장한다. 그곳을 다르게 생긴 사람들이 대열을 지어 천천히 걸어가고 있는 모습을 아플 정도의 경이와 호기심으로 바라보고 있는 인물이 몽테뉴가 아니라 나 자신인 듯한 느낌마저 든다.

몽테뉴는 또 여성에게도 큰 관심을 기울여 가는 곳마다 눈에 띄는 여성들 묘사에 많은 지면을 할애하고 있다. "로마인의 가장 일상적인 일은 시가지를 산책하는 것인데, 보통 그들이 집을 나오는 것은 대개 이 거리에서 저 거리로 정처 없이 걷기 위해서다. 특히 그것 때문에 가는 거리까지 있다. 실은 거기서 얻을 수 있는 최대의 수확은 창가에 있는 여성들, 특히 창부들을 바라보는 일이다. 그들이 짐짓 교태를 부리며 미늘창 그늘에 어른거리기 때문에 나도 종종 그들의 그런 행위가 얼마나 내 눈을 자극하는지를 알고 놀랐다. (……) 그들은 가장 사랑스런 모습을 통해 자신을 보여주는 데 능란하다. 예컨대 얼굴 위쪽이라든가 아래쪽 혹은 옆얼굴을 그런 식으로 감추거나 드러내기 때문에 창에는 단 한 사람의 추녀도 보이지 않는다."

몽테뉴가 묘사한 이런 로마는 나 자신이 여행한 저 로마처럼 여겨질 수밖에 없다. 마치 자신이 옛날 로마를 찾아간 듯한 감각. 그 감각은 단순히 기분 좋다고만 할 수는 없으나, 분명 자신이 사는 시간과 공간이 옹색하다는 걸 깨닫게 해준다. 마찬가지로 『몽테뉴 여행 일기』의 베네치아, 페라라, 피렌체 묘사를 읽노라면 나는 내가 걸었던 거리, 바라보았던 풍경, 마주쳤던 사람들을 떠올릴 수 있다. 그리하여 머릿속에서 수천 킬로미터의 거리뿐만 아니라 수백 년의 시간을 여행하는 것이다.

몽테뉴는 이국의 풍습만이 아니라 음식에도 큰 관심을 쏟는다. 예컨대 "여기는 프랑스보다 생선이 적다. 특히 '꼬치고기'는 여기선 한 푼의 가치도 없어 서민의 먹을거리가 돼 있다. 혀가자미와 송어는 진귀한 대접을 받는다. 돌잉어는 무척 맛이 좋고 보르도 지역 것보다 훨씬 큰데, 값도 비싸다"는 식이다.

유대교도의 할례 의식과 수술을 관찰하고 그것을 처음부터 끝까지 자세히 적어놓았다. 필치는 냉정하고 객관적이며 거기에 종교적 편견의 그림자는 없다. 하지만 그 자신은 가톨릭교도였고 어머니는 유대계였다. 그것이 다른 문화나 종교에 대한 관심과 관용적인 시선으로 이어졌던 걸까.

독자가 이 16세기 말의 인물과 여행을 함께하는 기분을 맛보게 되는 것은 이 책이 어떤 공적인 사명감으로 씌어진 것이 아니라 공개를 전제로 하지 않은 사적인 기록으로서 자유로운 정신으로 씌어진 것이기 때문이다.

『수상록』으로 잘 알려진 미셸 드 몽테뉴Michel de Montaigne, 1533~1592는 1533년 보르도에 가까운 몽테뉴 성에서 태어났다. 아버지는 보르도의 시장을 지냈다. 툴루즈에서 법학을 공부한 뒤 법관이 됐다. 1565년에 결혼해 여섯 명의 딸이 태어났으나 그들 중 성인이 된 이는 한 명뿐이다. 1568년 아버지가 죽고 몽테뉴 성을 상속받았다. 1570년 서른일곱 살에 법관을 그만두고 고향에 돌아가 마침내 대표작 『수상록』의 집필을 시작했다.

『수상록』은 1580년에 보르도에서 간행돼 프랑스 모럴리스트 문학의 기초를 쌓았다는 평을 받았다. 몽테뉴가 살아간 시대는 종교전쟁의 광풍이 거세게 불던 때였다. 그가 서른 살이 되기 직전인 1562년, 바시Vassy에서 신교도 학살 사건이 일어났고 이후 20여 년에 걸쳐 프랑스 국내에서 '위그노전쟁'이라 불리는 종교전쟁이 계속됐다. 『수상록』을 쓰기 시작한 1572년에는 '성 바르톨로뮤 학살' 사건이 일어났다. 구교도 손에 학살당한 신교도 희생자 수는 1만에서 3만에 이르렀다고 한다.

몽테뉴 자신은 구교 쪽에 몸을 두고 있었으나 늘 관용을 설파했으며, 정의를 내세우는 자를 회의적인 시선으로 바라봤다. 『수상록』에는 플라톤, 아리스토텔레스, 플루타르코스, 세네카 등 고전고대의 문헌 인용이 많지만, 성서의 인용은 거의 없다. 근대적인 합리주의 정신을 갖춘 인문주의자였다고 할 수 있을 것이다. 그의 이런 개성은 내가 보기에 『수상록』보다 오히려 『몽테뉴 여행 일기』에 생생하게 담겨 있다. 이 합리주의 정신이 훨씬 나중 시대의 일본 와타나베 가즈오나 가토 슈이치와 같은 인문주의자에게도 영향을 줘, 군국주의 광기의 와중에도 '이성' 쪽에 남아 있도록 격려했던 것이다.

『몽테뉴 여행 일기』는 1580년부터 1581년에 걸쳐 프랑스, 독일, 오스트리아, 스위스를 거쳐 이탈리아까지 간 여행 기록이다. 여행의 목적은 우선 인문주의자가 동경하던 땅 로마를 방문하는 것, 그리고 지병인 신장결석 요양을 위해 온천을 돌아다니는 것이었다. 실제로 이 책에는 "결석 산통 때문에 괴롭다"거나 "(오줌에서) 돌과 모래가 나왔다"는 기술이 빈번하게 나온다. 하지만 그에게 여행이란 그런 것만은 아니었다. 오히려 여행에 목적이 없었다. 여행 그 자체가 목적이었던 것이다. 여행의 이유를 묻는 이에게 그는 이렇게 대답한다. "무엇을 피해서인지는 알고 있으나, 무엇을 구하고 있는지는 나도 모른다."(『수상록』)

『몽테뉴 여행 일기』에는 데리고 다닌 사람이 남긴 이런 기술도 있다. 로마에서 다수의 프랑스인을 만났고 거리에 나가면 그들이 프랑스어로 인사를 해서 몽테뉴는 비위가 상했다. 그 이유는, 그가 자신들의 풍습에 신물이 나서 편력에 나선 판에 이국에서까지 자국인들과 마주치고 싶지 않았기 때문이다.

"나는 잘 알고 있다. 이 여행의 즐거움은 문자 그대로 불안과 동요의 증거라는 것을. 그러나 이 불안과 동요는 모두 우리 인간의 중요한, 그리고 지배적인 특질이다. (……) 그밖에 무엇 하나 나를 만족시키는 것이 없더라도 다양성을 포착할 수만 있다면 나는 만족한다."

여행의 대선배가 내린 지언至言이다. 자기 속에 좁게 틀어박혀 자족하기보다 설사 불안과 동요가 있더라도 타자와의 만남을 즐기는 것이다. 그리고 다양성을 포착할 수만 있다면 만족한다. 그렇다. '관용'이란 자기만족적인, 높은 곳에 서서 타자를 연민하는 태도가 아니라 생기발랄한 인간적 관심으로 '다양성'에 마음을 여는 것이다. 16세기 인문주의자가 21세기라는 불관용의 시대를 살아가는 우리에게 그렇게 가르쳐주고 있다.

미감을 즐길 시간은
오렌지 향보다 길지 않다

케네스 클라크의 『그림을 본다는 것』

30년쯤 전부터 지금까지 나는 세계 각지의 미술관이나 성당을 돌아다니며 미술 작품들을 살펴봤다. 올해 이른 봄에도 이탈리아에 가서 많은 작품을 보고 왔다. 처음 본 것도 있고 지금까지 몇 번이나 본 것도 있는데, 그때마다 새로운 발견과 감동 속에 늘 식지 않는 흥취를 느낀다. 하지만 이런 식으로 얘기해봤자 감질만 난다. '발견' '감동' '흥취'…… 이런 말로는 실제로 아무것도 제대로 전달할 수 없다고 보기 때문이다. 시각예술인 미술에 대해 그 재미를 언어로 표현하는 데는 어쩔 수 없는 어려움이 있는 것 같다. 나는 미술에 대해 뭔가를 쓸 때 늘 이런 난처함을 느껴왔다.

미술에 관한 서적도 꽤나 읽었다. 물론 귀중한 정보를 얻었고 많이 배웠지만, 재미있게 읽은 책은 많지 않다. 반 고흐의 서간집이나 페기 구겐하임의 자서전은 드문 예다. 하지만 이들 책은 미술 작품 자체의 재미를 전달하기보다는 오히려 화가나 수집가의 인물상을 재미나게 전달하는 것이라고 할 수 있다. 학자나 평론가가 쓴 것들 중엔 재미난 것이 별로 없다. 그중에서 지난 30년간 내가 거듭 읽었고, 그때마다 그 논지를 납득하고 필치에 감탄하면서 나도 할 수만 있다면 이런 식으로 써보고 싶다고 선망해온 것이 바로 케네스 클라크 Kenneth Clark, 1903~1983의 『그림을 본다는 것 *Looking at pictures*』이다. 이 책의 장점은 무엇보다 쉽고 명료하면서도 세련되고 깊이 있는 어투에 있다.

“이것은 말하자면 두 번 증류된 예술 작품이다. 인물들은 여기에 그려지기 전에 이미 예술이 돼 있었던 듯하다.”

15세기 플랑드르 화가 로히어르 판 데르 베이던Rogier van der Weyden의 대작 〈십자가에서 내려지는 그리스도〉에 관한 1장은 그렇게 시작한다. 이 첫 문장부터 나는 “오, 그래. 내가 말하고 싶었던 것도 이거였어”라는 직감과 함께, 마드리드의 프라도 미술관에서 이 작품 앞에 섰을 때 내 속에서 일어난 감흥을 떠올리며 기분 좋게 책을 읽어나가게 된다.

〈십자가에서 내려지는 예수 그리스도〉에서, 아래쪽에 비탄에 젖어 바닥에 쓰러질 듯한 모습의 성모 마리아에 대해 케네스 클라크는 이렇게 기술한다.

“거기에는 진실의 아주 미세한 부분조차 한 조각도 무시되지 않으며, 모든 세부들이 이중의 의미를 띠고 있다. 성모의 얼굴에 흘러내리는 눈물은 그 움직임 때문에 얼굴의 육감을 더욱 도드라지게 만든다. 하나하나의 붓 자국 배후에 보이는 불굴의 의지는 거의 조각가의 그것을 떠올리게 하지만 그 붓 움직임을 더듬어 가노라면 사람들은 어느덧 그것이 기술적인 확실성의 결과가 아니라 도덕적인 확신의 결과라는 걸 깨닫게 된다.”

이 기적과 같은 작품이 화가의 “도덕적인 확신의 결과”인지 어떤

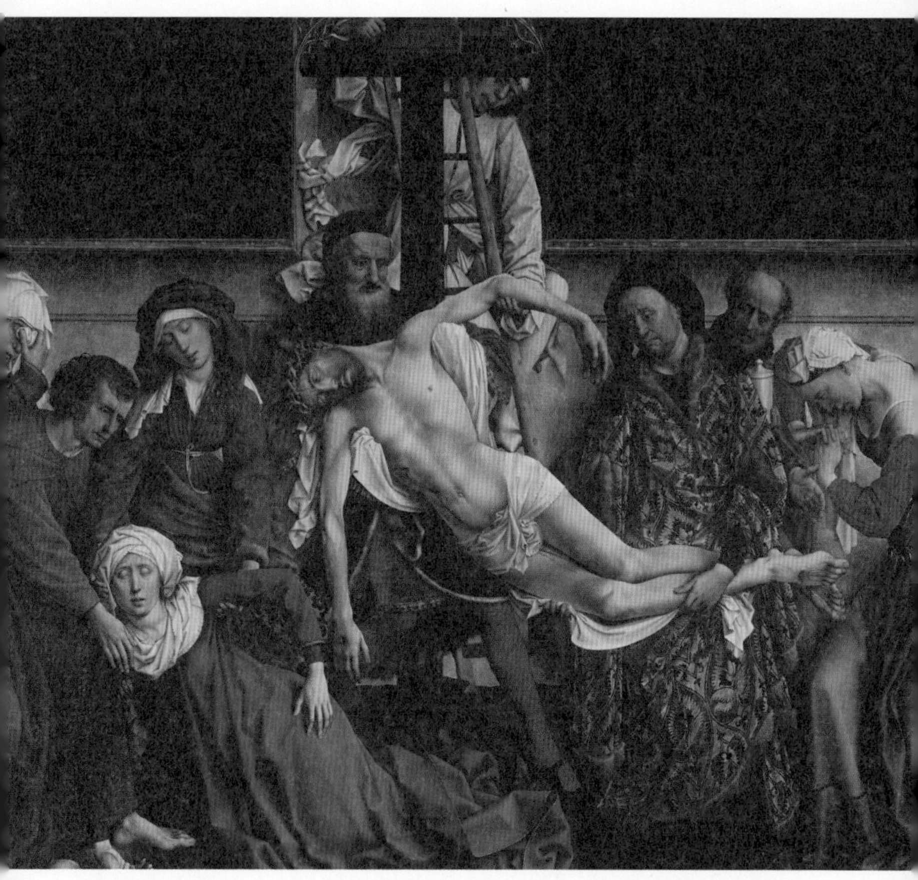

로히어르 판 데르 베이던의 〈십자가에서 내려지는 예수 그리스도〉에 대한 클라크의 단평. "하나하나의 붓 자국 배후에 보이는 불굴의 의지는 거의 조각가의 그것을 떠올리게 하지만 그 붓 움직임을 더듬어 가노라면 사람들은 어느덧 그것이 기술적인 확실성의 결과가 아니라 도덕적인 확신의 결과라는 걸 깨닫게 된다."

지 나로서는 알 길이 없다. 누가 안다고 하겠는가. 하지만 이런 어투의 상승효과 덕에 작품이 주는 감명을 "아무렴, 그렇겠지" 하고 납득하게 된다.

"마지막으로 나는 그녀(성모)의 손을 살펴본다. 손들은 각기 그 자체로 아름다울 뿐 아니라 몸의 다른 부분과의 관계 속에서 공감을 자아낸다. 힘없이 늘어뜨린, 그러면서도 살아 있는 왼손은 이미 생명을 잃은 그리스도의 오른손과 나란히 배치되고 해골과 성 요한의 정교한 발 사이에 있는 오른손은 대지로부터 뭔가 새로운 생명을 뽑아 올리려 하고 있는 것처럼 보인다."

이런 글쓰기에 이끌려 나는 다시 작품의 세부를 응시하면서 "과연" 하고 감탄하게 된다. 이 책은 티치아노의 〈그리스도의 매장〉에서 시작해 벨라스케스의 〈궁정의 시녀들〉, 페르메이르의 〈화가의 아틀리에〉, 보티첼리의 〈신비한 감탄〉까지 열여섯 점의 그림을 다루고 있다.

케네스 클라크는 런던의 내셔널 갤러리 관장, 옥스퍼드 대학 교수 등을 지낸 이 분야의 대가라고 할 만한 미술평론가다. BBC에서 방영한 텔레비전 프로그램 〈예술과 문명〉 시리즈와 그 프로그램을 한 권으로 정리한 같은 이름의 책으로 국제적인 명성을 얻었다. 이 책 『그림을 본다는 것』은 원래 영국 신문 《선데이 타임스》에 연재됐다.

일본어판 옮긴이 다카시나 슈지[高階秀爾]는 지은이에 대해 "뛰어난 미의 향유자" "박식한 전문가" 그리고 "계몽적 정열을 지닌 해설자"라는 세 요소가 기막히게 통일돼 있다고 했는데, 정말 그렇다는 생각이 든다. 이 세 요소 중 어느 것이 빠지거나 어느 쪽으로 치우쳤다면 이 책의 매력은 반감됐을 것이다.

클라크는 서문에 이렇게 썼다. "처음에 먼저 나는 그림을 하나의 전체로 본다. 그 주제가 무엇인지 판단하기 훨씬 전에 나는 전반적인 인상에 사로잡힌다." 그러고 나서 세부로 눈을 돌리고 면밀한 검토를 시작한다. 바로 뒤이어 '비평적 능력'이 활동을 재개한다. 그 작업을 계속하는 동안 감각이 피로를 느끼기 시작한다. "내 생각에는 순수하게 미적인 감각(이라고 불리는 것)을 즐길 수 있는 시간은 오렌지 향을 즐기는 시간보다 길지 않다." 이 '오렌지 향' 부분의 기술에 독자인 나는 "으음, 좋구먼" 하고 탄복하게 된다.

지은이는 계속한다. "하지만 위대한 예술 작품은 더 오래, 주의 깊게 살펴보지 않으면 안 된다." 관심의 중점을 '역사적 비평' 쪽으로 옮겨가, "화가의 생애에 관한 사실들을 떠올리면서 그것이 눈앞에 있는 작품의 발전 속에 자리매김될 수 있도록" 노력한다. 그렇게 하면 피로해져 있던 '수용력'이 다시 회복된다는 것이다. 이런 미적 감각에 의한 직감적 수용과 지적인 비평의 반복 운동이 곧 지은이가 권장하는 '그림 보는 법'이다. 어느 한쪽만으로는 충분하지 않다.

지은이는 "위대한 작품은 바닥을 알 수 없는 깊이를 갖고 있다"며 이렇게 덧붙이는 걸 잊지 않는다. "나는 낡은 언어라는 도구로 그 표면을 극히 일부분 긁어본 데 지나지 않는다. 왜냐하면 그 작업에는 지각 능력의 한계에다 시각 체험을 언어로 바꿔놓는 어려움이 있기 때문이다." 요즘 내가 느끼고 있는 것과 같은 답답함을 케네스 클라크 같은 대가도 느끼고 있다는 얘긴가.

고야의 〈1808년 5월 3일〉에 관한 이 책의 기술은 젊은 날의 내게 큰 위로와 영감을 주었다. 스페인을 침공한 나폴레옹군의 민중 학살을 묘사한 이 그림을 나는 30년 전 프라도 미술관에서 봤다. 뭐라 형언할 수 없는 엄숙한 생각에 사로잡혀 당시의 내 주머니 사정으로는 꽤나 비쌌던 그 그림 복제품을 구입해 일본에 가져왔다. 그로부터 5, 6년 뒤 오랜 세월 감옥에 갇혀 있던 형들 중 한 사람이 17년 만에 출옥했고, 그를 만나기 위해 일본에서 서울로 갈 때 나는 형에게 줄 선물을 가져갔는데, 그게 그 복제화였다. 김포공항 세관에서 기관원으로 보이는 사람이 그 그림을 문제 삼아, "소련 그림인가?"라며 나를 집요하게 심문한 일을 잊을 수 없다.

고야로부터 약 반세기 뒤 마네가 이 작품의 구도를 빌려 〈막시밀리안 황제의 처형〉을 그렸다. 케네스 클라크는, 마네는 위대한 화가였다고 얘기한 뒤 이렇게 덧붙였다. "마르크스주의적 용어는 보통 비평에 장애물이 되지만, 이 마네의 그림을 바라보고 있으면 나는 부르주아라는 말을 사용하지 않을 도리가 없다. 그(마네)의 눈은 무엇에도 사로잡히지 않았으나 그의 마음은 파리 사회 상류 중산계급의 가치관에 지배당했다. 거기에 비해 고야는 평생 궁정화가로 일했음에도 늘 혁명적이었다. 그는 승려, 병사, 관료, 기타 어떤 형식이든 권위라는 것을 증오했다. 그들은 기회만 있으면 힘없는 사람들을 쥐어짜고 힘으로 억누르려 했다는 걸 고야는 알고 있었다. (……) 불행하게도 사회적 격분은 다른 추상적인 감정과 마찬가지로 본래 예술을 낳는 힘이 되기 어렵다. 따라서 고야처럼 천부적 재주를 한 몸에 지니고 있는 경우는 역사상 극히 보기 드물다. (……) 고야의 섬광이 번뜩이는 눈과 거기에 대응하는 손은 모든 점에서 그의 격분과 하나로 얽혀 있었던 것이다."

이 케네스 클라크의 말에서 나는 격려를 받았다. 최고의 예술에 어울리는 최고의 말, 단지 지적이라고만 얘기할 수 없는 그 말을 통해 나는 나의 사회적 견해에 대해서만이 아니라 나의 미적 감각에 대해서도 자신감을 갖게 됐다.

이 책의 말미에는 렘브란트의 〈자화상〉에 관한 장이 있다. "우리는 얼굴 주름 하나하나의 정확한 형태와 색깔이 인간의 체험과 엮여 있다는 사실을 모른다. 우리는 다소의 변명과 희망적인 미화 없이 자기 자신을 받아들일 수 없는 것이다. 그와는 달리 렘브란트의 자화상은 후세에 남겨진 가장 위대한 자전自傳이다." 이렇게 시작되는 마지막 장은 다음과 같은 인상적인 말로 맺는다.

"그 붉은 물감을 내동댕이친 것 같은 코는 너무나 존대해서 자칫 웃음을 자아낼 정도지만, 그러나 그렇다고 해도 체험이 예술로 변모하는 그 마술에 사람들은 경외심을 품지 않을 수 없다. 저 붉은 코를 보면 나는 심한 질책을 당하고 있는 듯한 느낌이 든다. 돌연 나는 내 도덕성의 천박함과 협소한 공감능력, 내 직업의 공허함을 깨닫게 된다. 렘브란트라는 거대한 천재가 지닌 겸허함이 미술사가에게 침묵하도록 경고하는 것이다."

얼마나 멋진 결어인가. 나는 앞으로도 미술에 대해 얘기하고 쓰겠지만 케네스 클라크처럼 할 수 있을까? 그 열쇠는 '겸허'일지도 모르겠다.

죽음을 금기시한다는 건
삶을 방기하는 것

필리프 아리에스의 『죽음의 역사』

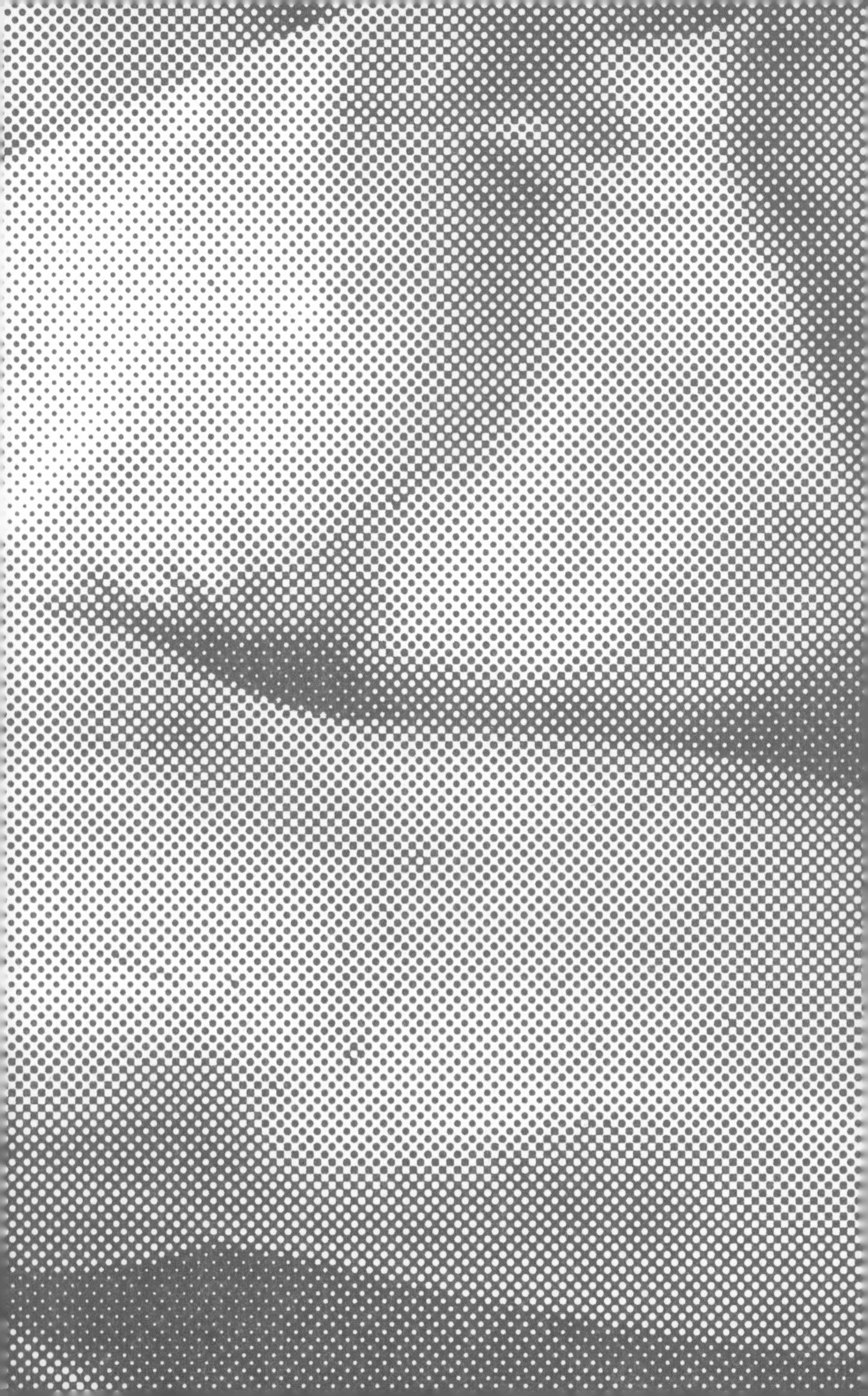

"내가 보기에, 15세기의 사체 취미(시체 애호증) 주제가 표현하고 있는 것은 무엇보다 먼저 개인적 실패에 따른 예민한 감정이다."

나는 1984년 초에 그 전해 말 출판된 필리프 아리에스Philippe Ariés, 1914~1984의 『죽음의 역사*Essais sur l'histoire de la mort en occident*』 일본어판을 구입해 이 구절을 읽었다. 바로 내용을 이해했다고 할 순 없으나 뭐라고 표현하기 어려운 감정에 사로잡혔던 것은 분명히 기억하고 있다. 그 감정이란 지금 생각해보면, '죽음'이라는 주제를 이처럼, 즉 죽어가는 존재로서 인간에 대한 친밀한 감정을 잃지 않으면서 동시에 냉정한 거리를 두고 관찰하고 묘사할 수 있다니, 하는 놀라움과 깨달음이었다. 자신이 사로잡혀 있던 '죽음'의 관념에 진력이 나 있던 당시의 나에겐 시계視界를 가리고 있던 안개가 조금 걷히는 듯한 경험이었다.

1983년 가을, 나는 난생처음 유럽 여행을 떠났다. 1980년 5월, 어머니가 무자비한 암의 고통 속에 세상을 떠났다. 광주 5·18 학살이 진행되던 바로 그때이기도 했다. 그 3년 뒤의 5월, 아버지도 어머니와 같은 병으로 돌아가셨다. 부모의 죽음을 지켜본 뒤 나는 아무런 구체적인 목적도 없이 여행을 떠났다. 그 여행에서 많은 성당, 교회, 수도원, 미술관을 돌아보며 서양 기독교 세계 특유의 '죽음의 도상圖像(그림과 조각)'들과 조우했다. 아니 그보다는 무의식 중에 나 자신이 그런 것을 갈구하며 방황하고 있었다고 하는 편이 더 정확할지 모르겠다.

나는 서른을 갓 넘긴 나이여서 살았다고 할 수 있을 만큼 무엇 하나 제대로 경험한 것도 없었고, 죽고 싶다는 생각을 갖고 있지도 않았으나, '죽음'은 늘 내 가까이에 있었다.

사람은 왜 죽는 걸까? 죽음에 무슨 의미가 있는 걸까? 올바르게 죽는 법이라는 게 있기는 할까? 도대체 어디에서 어떻게 죽는 게 좋을까? 이런 의문에 늘 사로잡혀 있었다.

'죽음의 도상'들 앞에 설 때마다 나는 어쩔 수 없이 아버지를 생각했다. 당신에게 반항한 자식들이 조국에서 정치범으로 투옥당하자 그들의 석방을 위해 분주하게 움직였으나 이렇다 할 적절한 수단 하나 찾아낼 수 없었던 아버지. 조그마한 공장을 경영하며 한때는 잘나가던 시절도 있었으나 결국 도산해 살던 집마저 내주어야 했던 아버지. 아내가 먼저 떠나자 바로 건강을 잃고 정확하게 3년 뒤 아내 뒤를 따라 세상을 떠난 아버지. 그 실패와 좌절로 점철된 인생을 나는 늘 떠올렸다. 생각해보면, 그 여행은 내 나름의 복상服喪 행위였는지도 모르겠다.

여행 도중에 스트라스부르에서 어떤 그림이 나를 기다리고 있었다. 거기에는 나신으로 서 있는 한 쌍의 남녀가 묘사돼 있었다. 그 남녀는 죽은 사람들이었다. 전신이 썩어가고 있었다. 뱀과 큰 지렁이들이 피부를 뚫고 몸을 파먹고 있었다. 몸속에 곤충들이 떼지어 살고 있었다. 여자 음부에는 커다란 두꺼비가 찰싹 들러붙어 있었다. 나는 아무 구원도 받지 못한 채 세상을 떠난 어머니와 아버지를 생각하며 오래도록 그림 앞에 서 있었다. 참으로 꺼림칙한 도상. 왜 이런 그림이 성당을 장식하고 있을까. 잊히지 않아서 일본으로 돌아간 뒤 이래저래 조사를 해봤다. 아리에스의 『죽음의 역사』를 읽은 것도 그 때문이다. 그런 도상을 '트랑지Transi'라고 한다. 일본에서는 보통 '사체 취미'로 번역되고 있다. 중세 유럽 귀족 등의 무덤에 세우는 표시물(묘표)로 사용된, 부패하고 있는 사체 상이다. 당시 사람들의 의식에 깊이 침투한 '메멘토 모리memento mori(죽음을 기억하라)'의 교훈을 도상화한 것이다.

아리에스는 이런 도상을 해석할 때 '실패의 감정'이라는 사유방식을 동원한다. "그것은 명백히 12세기 이후 중세 중기에, 처음엔 조심스럽게 (사람들의) 심성 속에 나타난다. 그리고 14세기부터 15세기에 걸친, 부와 영광을 갈망하는 세계 속에서 폭을 넓혀 강박관념으로까지 발전한다. (……) 중세 말의 인간은 (……) 자신의 무력감을 육체적 파멸, 자신의 죽음과 동일시한다. 자신을 낙오자요 동시에 죽은 자로 봤다. (……) 당시 죽음은 너무나도 친숙해 공포스러운 게 아니었다. 그것이 사람의 감정을 고조시킨 것은 죽음 그 자체 때문이 아니라

아리에스가 기술한 중세 후기 유럽인들의 죽음에 대한 관념. "당시 죽음은 너무나 친숙해 공포스러운 게 아니었다. 그것이 사람의 감정을 고조시킨 것은 죽음 그 자체 때문이 아니라 죽음과 실패의 접근 때문이었다." 사진은 프랑스의 조각가 리지에 리시에(Ligier Richier)가 만든, 르네 2세와 그 부인의 트랑지. 프랑스 낭시에 있는 코르들리에 교회에 보존되어 있다.

죽음과 실패의 접근 때문이었다."

이 구절을 읽고 생각했다. '실패의 감정'에 어느 정도로 사로잡힌 채 아버지는 세상을 떠난 것일까. 아버지만이 아니라 나 자신도 '실패의 감정'에 사로잡혀 있었다. 옥중의 형들을 구출하는 일에서든, 병으로 죽어가는 부모를 위로하는 일에서든, 나 개인의 인생을 개척해가는 일에서든 나는 참으로 무력했다. 세계의 변혁이나 피억압자의 해방을 위해 일하겠다는 바람을 포기하진 않았으나 현실의 나는 일개 무력하고 좌절당한 사람에 지나지 않았다. 머지않아 이 세상에서 쫓겨나 땅속에서 저처럼 썩어갈 것이다. 그것이 내게는 더 어울린다.

이는 물론 미숙하고 자의적인 읽기다. 그 뒤에 조금씩 깨달은 것이지만, 아리에스가 설파한 '죽음'에 관한 조망은 더욱 넓었고, 그만큼 읽는 사람의 닫힌 마음을 열어주는 효과를 갖고 있다. 나는 나 자신의 '죽음'의 관념이 중세 후기 유럽인들의 그것과 닮아 있다는 걸 알아차렸다. 이를 통해 내가 품고 있는 '죽음'의 관념이 절대적이고 고정적인 것이 아니라 역사적으로 형성되고 변용된 것임을 알게 됐다.

이 책은 프랑스의 역사가 필리프 아리에스가 1973년에 미국 존스홉킨스 대학에서 한 네 차례의 연속강연에 다른 논문을 더해 출간한 것으로, 그때까지 15년에 걸쳐 진행한 '서구 기독교문화 속의 죽음을 앞둔 태도에 대한 연구와 고찰'의 성과다. 1977년에 발표한 대작 『죽음 앞에 선 인간[*L'homme devant la mort*]』의 요약본이기도 한데, 개인적으로는 이 요약본이 훨씬 간결하고 더 날카롭게 아리에스의 사상과 방법을 드러내주고 있다고 생각한다.

아리에스는 여기서 통시적으로 '죽음'에 대해 네 가지 유형을 제시하고 있다. 맨 먼저 '길들여진 죽음'. 중세 전기까지의 인간은 원래 죽음에 대해 친밀감을 갖고 있었다. 노쇠하면 자신이 죽을 때를 알고 "운명과 자연의 섭리에 고분고분 자발적으로 복종"했다. 그런 죽음을 그는 '길들여진 죽음'이라고 부른다. 그 예로서 알렉산드르 솔제니친의 『암 병동』에서 다음과 같은 인상 깊은 구절을 인용한다. "러시아인도 달단(타타르)인도, 우드무르트인도, (……) 그들은 모두 편안하게 죽음을 인정했다. 마지막 순간을 연장하려 하지 않았을 뿐 아니라 그들은 매우 차분하게 그것을 위한 준비를 하고, 미리 암말은 누구에게 주고 망아지는 누구에게 줄 것인지를 정했다. (……) 그리고 그저 살던 오두막집을 이제 바꿔야 하는구나라고 생각하듯 일종의 안도감 속에 숨을 거두었던 것이다."

그 뒤 중세 후기가 되면 '나의 죽음'이라는 태도가 등장한다. 그 시대의 부, 학식, 권력을 쥔 사람들은 "자신이 집행유예 중인 사자[死者]라는 것, 유예 기간은 짧고, 죽음은 이미 자신의 내부에서 시작돼 자신의 야심을 깨뜨리고 쾌락을 좀먹고 있다는 걸 강렬하게 자각하고 있었다. (……) 죽음은 인간이 자신을 가장 확실히 알게 되는 장이었던 것이다."

이어서 18세기 이후 '너의 죽음'이 등장한다. "죽음을 치켜세우고, 비극적인 것으로 여기며, 죽음이 인상적이고 사람의 마음을 사로잡는 것이기를 바라는 것이다. (……) 낭만주의적인, 화려한 말로 장식된 죽음은 일단 타자의 죽음이라고 할 수 있다."

급속한 공업화와 함께 20세기 후반에 일어난 극적인 변화로 지금도 우리 중 다수가 그 속에 갇혀 있는 것은 '금기시된 죽음'이다. "사람들은 이제 내 집에서, 가족들에 둘러싸여 죽는 것이 아니라, 병원에서 그것도 홀로 죽는다. (……) 죽음은 일련의 자잘한 단계로 해체되고 세분돼 최종적으로 무엇이 진정한 죽음인지 알 수 없게 됐다."

죽어가는 본인이 죽음의 주도권을 박탈당하고, 죽음을 둘러싼 '격정'은 병원에서도 사회에서도 피해야만 하는 게 돼버린 것이다. 이런 '죽음의 금기시'는 20세기 초 무렵 미국에서 시작됐는데, 그것은 "슬픔이나 탄식의 모든 원인을 피하고, 비탄의 밑바닥에서도 늘 행복한 듯한 모양새를 해서 집단의 행복에 공헌한다는 윤리적 의무와 사회적 강제"에 그 원인이 있다고 아리에스는 말한다.

아리에스 논의의 근저에 있는 의식은 다음과 같은 것이다. "죽음의 역사가는 종교인과 동일한 안경을 통해 그것들(설교, 유언서, 묘비명 등의 자료)을 읽어서는 안 된다. 그것들을 해독해서, 성직자들이 말한 이야기의 그늘에 가려진 배후에서, 그 가르침을 대중이 이해할 수 있도록 만들어주는 자명한 일반 공통의 사고방식이라는 공통의 기반을 찾아내야 하는 것이다."

이처럼 아리에스는 '죽음'을 종교적 관념의 껍질에서 해방시켜 역사적 문맥 속에 놓고 관찰한다. 그래서 이를 읽는 독자가 "1000년에 이르는" 장대한 세월 속에서 죽음을 바라보고 죽음에 관한 그들 자신의 관념을 더 넓은 시각으로 바라보도록 재촉한다. 그리하여 각 시대에 고유한 죽음의 관념에 속박돼 있는 우리에게 일종의 해방감을 주는 것이다. 이것이 앞서 얘기한 '놀라움과 깨달음'의 이유다.

이 책을 처음 입수한 지 30년이 지났다. 당연히 사회도 변했고 나도 나이를 먹었다. 죽음에 대해 생각하는 것도 당시와는 다르다. 하지만 지금도 나는 "올바르게 죽는 법이라는 게 있기는 할까? 도대체 어디에서 어떻게 죽는 게 좋을까?"라는 의문에서 해방되지 못했다. 솔제니친이 얘기하는 러시아 민중처럼 죽고 싶지만, 그러기는 쉽지 않을 것이다. 일본에서도 한국에서도 벗이나 지인 들에게 내가 죽음에 대해 생각하고 있다고 말하면 재빨리 화제를 바꿔버리는 경우가 많다. 자칫하면 불쌍히 여기거나 위로해주기까지 하는 통에 오히려 내가 당혹하게 된다. 죽음의 관념을 더 길고 넓은 문맥 속에서 다시 살펴보는 것은 인간이 정신적으로 자립한 존재로서 인생을 완수하는 데 필요한 일이다. 그럼에도 죽음에 대해 생각하고 말하는 게 금기시되고 있는 것이다. 그런 태도는 삶에 대한 사고를 스스로 방기하는 것과 같다.

'인간'이라는 가치를 포기하지 않기 위하여

가토 슈이치의 『양의 노래』

가토 슈이치加藤周一, 1919~2008가 2008년 만 여든아홉의 나이로 세상을 떠났을 때 나는 고인을 추모하는 뜻을 담아 당시 《한겨레》에 연재 중이던 '디아스포라의 눈'이라는 칼럼 한 회를 할애해 「한 교양인의 죽음」이라는 제목의 글을 썼다.

"나는 인생을 열차와 같다고 상상할 때가 있다. 우리는 누구나 어떤 우연한 계기로 이 세상이라는 열차에 타게 된다. (……) 우연히 함께 탄 승객들 중에 가토 슈이치라는 '먼저 탄 승객(선객)'이 있었던 것은 내겐 작은 행운이었다. 때가 되면 누구나 그 차량에서 내려간다. 지금 선객 가토 슈이치 선생이 객차에서 내린다. (……) 한국에서 『양의 노래』를 번역할 계획이 있다고 한다. 한국의 독자들이 가토 슈이치를 어떻게 읽을지, 꼭 알고 싶다."

『양의 노래羊の歌』는 가토 슈이치의 자전적 회상으로, 나에겐 '고전'이다. 다만 위의 글을 썼을 땐 분명히 내 지인들 사이에 『양의 노래』를 한국에 번역 소개하겠다는 구체적인 움직임이 있었으나 어떤 이유에선지 내가 아는 한 그로부터 6년의 세월이 지난 지금까지도 실현되지 못한 것 같다(이 글을 쓰기 위해 인터넷을 검색해봤더니 『양의 노래』라는 만화는 나와 있으나, 물론 그것은 가토 슈이치의 책이 아니다).

『양의 노래』(속편도 포함해서)는 1966년 11월부터 1967년 12월까지 당시 일본에서 진보적 지식인이나 학생 들이 읽었던 주간지 《아사히

저널》에 연재됐고 1968년에 이와나미쇼텐 출판사에서 책으로 나왔다. 집필 당시 가토 슈이치는 40대 후반이었고, 캐나다의 브리티시컬럼비아 대학 교수로 재직하고 있었다.

그때 나는 교토에 살던 고교생이었는데, 이 작품을 열독하던 같은 학교의 벗이 열심히 권하는 바람에 손에 쥐었다. 그 책의 인상은 선명하고 강렬했다. 거기에는 제2차 세계대전 전 일본 엘리트 가정에서 태어난 청년이 수준 높은 교육을 받고 고상한 예술을 이야기하며 리버럴(한국에서는 '진보'를 뜻함)한 사람들과 사귀면서 성장해가는 모습이 그려져 있었다.

대지주 가문 출신의 유복한 의사의 아들로 도쿄대를 졸업하고 구미 각지에 유학해 여러 외국어에 능통하고, 문학·미술·음악에 조예가 깊으며, 일류 지식인들과 자연스런 교우 관계를 맺었고, 캐나다의 대학 교단에 섰던 지식인……. 그는 교육받지 못한 재일조선인 자식으로 반항적인 문학 소년이었던 내게 민족적으로도 계급적으로도 문자 그대로 대극적인 존재였다.

세계는 한창 고조되던 베트남 반전운동 한가운데 있었다. 일본에서는 전공투가 '자기부정'이라는 슬로건 아래 지적 엘리트로서의 특권을 스스로 포기해야 한다고 부르짖고 있었다. 중국에서 진행되고 있던 문화대혁명은 지적 노동과 육체적 노동의 차별을 철폐하라고 주장했다. 내 벗 몇 사람은 엘리트층으로 살아가는 걸 그만두기 위해 대학 입시를 거부한다고 선언했다.

나는 그런 주장에 심정적으로 공감했다. 내가 그들과 같은 행동을 하지 못한 이유는 나 자신의 소심증 외에 나는 조선인이다, 일본인 벗들과는 다른 길, 조선인인 내게 고유한 과제, 예컨대 조국의 민주화나 민족 통일 등이 있다, 라는 막연한 의식밖에 없었다. 그런 내 처지에서 보면 가토 슈이치 같은 지식인 엘리트는 그 지성이 일류일수록 내게는 비판하고 극복해야 할 대상이었다. 『양의 노래』를 읽어보라고 권해준 학우에 대해선, 그도 결국 엘리트 교양주의를 동경하는 존재에 지나지 않는다며 내심 경멸했다. 열일곱 살이었던 나의 그런 반응은 지금 생각하면 다소 단순하긴 했으나 진지한 것이었다는 생각도 든다. 내 삶의 과정에서 그 가토 슈이치를 지기知己로 삼으며 그와 교유하게 되리라고는 상상도 할 수 없었다.

그로부터 긴 세월이 흘러 베트남 반전과 대학 해체를 소리 높여 외치던 사람들 대다수는 그 뒤 경제성장의 수혜자가 되고 체제내화해 일본 사회의 우경화에 대해서도 거의 아무런 저항을 하지 않았다. 하지만 문득 정신을 차리고 보니 늙은 가토 슈이치는 조금도 흔들림 없이 평화와 인권이라는 보편적 가치를 일관되게 고수하고 있었다. 가토 슈이치는 만년의 나날을 헌법 제9조(군대 보유와 전쟁을 하지 않겠다는 조항)를 지키는 운동에 바쳤다.

『양의 노래』에 전쟁 중 대학생이었을 무렵의 이런 기억이 담겨 있다. "내가 가장 큰 영향을 받은 것은 아마도 전쟁 중의 일본에 하늘에서 내려온 것 같은 와타나베 가즈오渡邊一夫, 1901~1975 조교수였을 것이다. 와타나베 선생은 군국주의적인 주변에 반발해 먼 프랑스에 정신적인 도피처를 구하고 있었던 게 아니다. (……) 그 추악함이 속속들이 드러난 일본 사회에서 살아가면서 동시에 그것의 의미를 더 큰 세계와 역사 속에서 확인하려 했던 것이며, 자신과 주변을 안에서, 바깥에서, 그리고 '천랑성(시리우스 별) 높은 곳에서'도 지켜보려 했을 것이다."

16세기 프랑스 사상 전문가였던 와타나베 가즈오 교수는 일본 전체를 군국주의의 광기가 뒤덮고 있던 시절에 동시대의 프랑스를 중심으로 한 구미의 저작들을 탐독하고 16세기라는 종교전쟁과 이단심문 시대에 휴머니스트들이 설파한 '관용'의 의미를 상기했다. 바로 자신이 살고 있는 사회의 현실을 "안에서, 바깥에서" 지켜보고 있었던 것이다. 많은 지식인들까지도 광신적인 천황 숭배와 군국주의로 전락하는 가운데 와타나베 교수 자신의 전락을 막고 가토 슈이치 등 몇몇 제자들이 나아가야 할 길을 가르쳐줄 수 있었던 이유가 바로 이것이었다.

가토 슈이치가 쓴 이런 단문이 있다. "1930년대 말부터 1945년까지 일본에서는 사람을 모독할 때 '그래도 당신이 일본인인가'라는 말이 유행했다. (……) 일본인 집단에 대한 귀속의식을 중심으로 단결을 강조하고(일억일심一億一心), 개인 양심의 자유를 인정하지 않고(멸사봉공), 신인 천황을 숭배한다(궁성요배宮城遥拝). (……) 많은 일본인이 그런 규격에 맞춰 살아가고 있었다."(「석양 망언夕陽妄語」,《아사히신문》, 2002년 6월 24일)

이어서 가토 슈이치는 전쟁 말기의 어느 날, 벗인 시라이 겐자부로白井健三郎, 1917~1998(일본의 프랑스 문학자. 전후에 카뮈와 사르트르를 번역했다)가 다른 학우로부터 "자네, 그래도 일본인인가"라는 힐난을 받았다는 일화를 소개한다. 시라이는 차분하게 "아니, 먼저 인간이야"라고 대답했다고 한다.

"몽테스키외는 자신보다도 가족을, 가족보다 프랑스를, 프랑스보다 인간 세계 전체를 사랑한다고 했다." 이렇게 쓴 뒤 가토 슈이치는 글을 이어간다. "'먼저 일본인'주의자와 '먼저 인간'주의자의 다수·소수 관계는 1945년 8월(일본 패전)을 경계로 역전됐다. 아니, 그런 것처럼 보인다. 그러나 정말 역전된 것일까. 만일 그때 일본인이 변했다면 '그래도 너는 일본인인가'라는 말을 이 나라에서 다시는 들을 수 없었을 것이다. 만일 그 변신이 단지 겉치레에 지나지 않았다면 그리운 옛 노래가 다시 들려오는 것도 시간문제일 것이다. 저 그리운 노래를 부르고 또 부르면서 군국 일본은 많은 외국인들을 죽이고 많은 일본인들을 희생시킨 채 온 나라를 잿더미로 만든 뒤 붕괴했다."

가토 슈이치가 타계한 지 10년도 지나지 않았지만, 일본에는 '그리운 옛 노래'뿐만 아니라 재일조선인을 표적으로 삼은 증오범죄와 한국·중국을 적대시하는 호전적인 언사가 넘쳐나고 있다. 아베 총리 자신이 "전후 체제로부터의 탈각" "일본을 재건하자!"라고 외쳤고, 국민 다수가 무슨 이유에서인지 그가 이끄는 여당을 지지하고 있다.

가토 슈이치가 살아 있다면 어떤 태도를 보일까? 이에 대해서는 내게 확신 같은 게 있다. 그는 조금도 동요하지 않고 고립을 한탄하지도 않으면서 보편적인 자유, 인권, 평화의 가치를 계속 설파할 것이다. 캐나다의 대학에서 일하던 때 가토 슈이치는 학생과 동료 들이 펼친 베트남 반전운동에 참여했다. 당시를 떠올리며 그는 이런 사건을 언급했다.

대학의 반전토론회에서 어느 정치학 교수가 일어나, 전쟁이란 여러분이 생각하고 있는 것과 같은 단순한 현상이 아니다, 그 복잡한 원인을 모르면서 반대해봤자 멈출 수 없다고 말했다.

"나(가토)는 그 말이 맞다고 생각하면서도 동시에 정치학자가 현상의 설명에 성공하면 할수록 현상의 긍정으로 기울 수밖에 없는 게

일본에서 보기 드문, 저항하는 휴머니즘이 어떻게 태어나 자랐는지를 말해주는 책, 『양의 노래』의 한 대목. "전쟁에 반대하는 것은 과학자로서의 인식 문제가 아니라 인간으로서의 가치 문제다. 폭격으로 매일 아이들이 죽어가는 건 용인할 수 없다는 것, 그것은 논의의 결론이 아니라 출발점이라는 것이다."

아닌가 하는 생각을 했다. (……) 만일 주어진 조건을 바꿀 수 없다면 필연적 결과를 바꿀 수도 없다. 따라서 '필연적 결과=현상'에 반대하는 것의 의미도 없어질 것이다. 하지만 전쟁과 같은 극도로 복잡한 현상에서는 그 필연성이란 겉보기에 지나지 않는다. 너무 조건이 많은 현상은 엄밀하게 인과론적 과정으로는 이해할 수 없다. 전쟁에 반대하는 것은 과학자로서의 인식 문제가 아니라 인간으로서의 가치 문제다. 폭격으로 매일 아이들이 죽어가는 건 용인할 수 없다는 것, 그것은 논의의 결론이 아니라 출발점이라는 것이다."

이런 경고를 남기고 가토 슈이치는 세상을 떠났다. 그런 지성, 일본에는 드문 저항하는 휴머니즘이 어떻게 태어나 자랐는지 얘기해주는 책이 『양의 노래』다. 한편 이 책에서는 여성들과의 사귐에 대해서도 많은 얘기를 하고 있다. 그는 냉철한 수학적 이성의 소유자이면서 동시에 다정다감한 사람이기도 했다. 전쟁 직후의 교토, 파리, 피렌체, 빈을 무대로 한 그런 장면들은 마치 고급스런 영화를 보는 듯한 인상을 내게 준다. 젊은 시절의 내가 이 책에 심하게 반발하면서도 이 책 속의 세계를 강하게 동경한 것은 그런 이유 때문일지 모르겠다.

'인간'이라는 가치는 가토 슈이치가 확신하고 있었던 것만큼 부동의 것일까. 아우슈비츠 이후, 그리고 지금도 매일매일 그 가치는 근

저에서부터 위협당하고 있다. 하지만 그 가치를 포기하는 것이 무엇을 의미하는지는 이미 분명해지지 않았는가. 가토 슈이치의 저서를 내가 '고전'의 반열에 올린 것은 그런 생각을 했기 때문이다. 한국에서도 이 책이 번역, 소개되기를 나는 희망한다. 그것은 일본 사회와 일본인을 깊이 이해하기 위해서뿐만이 아니라 지금 '인간'이 처한 위기를 고찰하는 데에도 유익하기 때문이다(필자의 바람처럼 『양의 노래』의 한국어판은 2015년 출간되었다 —편집자).

'백장미'를 기억하던 이들은 어디로 사라진 걸까

잉게 숄의 『아무도 미워하지 않는 자의 죽음』

독일 뮌헨에 머물고 있다. 양혜규 씨의 초청으로 이곳 하우스 데어 쿤스트Haus der Kunst(예술의 집)에서 강연을 하기 위해서다. 하우스 데어 쿤스트는 1933년에 정권을 잡은 아돌프 히틀러의 지시로 건설됐다. 대표적인 나치 양식 건축물이다. 기공식은 히틀러가 참석한 가운데 1933년 10월 15일에 열렸다. 여기서 1937년 제1회 '대독일 예술전'이 열렸다. 즉 이 미술관은 나치 독일의 예술적 국위 선양의 상징이었다. 그 미술관에서 내가 '디아스포라의 삶'이라는 주제로 프리모 레비, 에드워드 사이드, 그리고 재일조선인에 대해 이야기하게 된 것이다. 청중들은 어떤 반응을 보일까.

뮌헨에 도착한 다음 날 나는 먼저 뮌헨 대학에 갔다. 지금까지 몇 번이나 찾은 이 도시에 처음 온 것은 1984년이었다. 30년 가까운 세월이 흘렀다. 이 도시에 있는 알테 피나코테크Alte Pinakothek(고전 미술관)에서 뒤러와 크라나흐의 명작을 보는 것, 렌바흐 미술관에서 칸딘스키를 보는 게 주요 방문 목적이었다. 이 도시 근교의 다하우에는 나치가 처음 건설한 강제수용소가 박물관으로 보존되고 있다는 걸 의식하고 있었으나, 솔직히 고백하건대 그때의 나는 그런 장소에는 가고 싶지 않았다. 한국은 광주 5·18의 기억이 생생한 가운데 군사정권 지배가 이어지고 있었고, 내 형 둘은 석방의 가망도 없이 감옥에 갇혀 있었다. 그 숨 막히는 현실에서 한순간이나마 바깥 세계의 공기를 마시고 싶어서 멀리서 찾아왔는데 기껏 강제수용소나 보러 가다니…….

곱게 정돈된 뮌헨 시가를 걷다가 대학 같은 건물 앞을 지나게 됐다. 도로 표지를 보니 '게슈비스터 숄 플라츠Geschwister-Scholl-Platz'라고 씌어 있었다. '숄 오누이 광장'이라는 뜻이다. 그것이 백장미 저항운동

의 중심 멤버였던 한스와 조피를 가리킨다는 걸 금방 알아차렸다. 그들에 관한 기억을 오래 살려두기 위해 그들이 다닌 뮌헨 대학 앞 광장에 그런 이름을 붙여놓은 것이다. "잊지 마라, 눈을 돌리지 마라." 지나가는 길손인 내게도 그렇게 말을 걸어오는 듯했다. 그날 밤 뮌헨 중앙역 근처 허름한 호텔에서 뜬눈으로 밤을 새운 나는 다음 날 아침 뭔가에 억지로 이끌리듯 다하우로 향했다. 그 뒤 10여 년간 나는 아우슈비츠를 비롯해 여러 강제수용소 유적지들을 찾아다녔는데, 그게 그 시작이었다. 30년 전의 그 기억을 되살리듯 나는 또 이번 뮌헨 체류를 숄 오누이 광장에서 시작하게 된 것이다.

백장미 사건은 나치 치하에서 일어났다. 백장미에 참가한 학생들은 프랑스 침공과 동부전선에 종군한 독일 육군 귀환병들이었다. 그들은 폴란드의 유대인 거주지구 상황이나 동부전선의 참상을 목격하고 반전의 결의를 다졌으며, 독일군의 스탈린그라드 전투 패배를 통해 패전을 예감했다. 그들은 1942년부터 1943년까지 여섯 종의 삐

라를 만들어 몰래 배포했다. 첫 삐라는 이랬다.

"무엇보다 문화민족에게 어울리지 않는 것은, 저항도 하지 않고, 무책임하고 맹목적인 충동에 사로잡힌 전제(독재)의 무리에게 '통치'를 맡긴 일이다. 지금 실상은, 성실한 독일인 모두가 자신들의 정부를 수치스러워하고 있지 않은가?"

마지막 삐라는 1943년 2월 14일과 16일 밤 뮌헨 시내에 뿌려졌는데, 그러고도 남은 것들이 꽤 있었다. 그래서 2월 18일 오전 숄 오누이는 대학에 가서 아직 잠겨 있던 강의실 문 앞과 복도에 삐라들을 놓은 후 마지막 남은 것들을 가지고 3층으로 올라갔다. 조피가 통층으로 트인 홀에 그것을 뿌렸다. 그때 조피는 나치 당원인 대학 직원에게 발각돼 붙잡혔다. 그 뒤 백장미 멤버들은 게슈타포에게 체포당했고 숄 오누이 외에 학생이었던 크리스토프 프롭스트, 빌리 그라프, 알렉산더 슈모렐, 그리고 교수였던 쿠르트 후버 등이 처형당했다.

마지막 삐라가 뿌려진 넓은 홀에 들어가보니 거기에는 생물학 관련 국제학회가 열리고 있었고 학생과 젊은 연구자 들이 활기차게 오가고 있었다. 그곳 어딘가에 조피 숄을 기념하는 조각이 있을 텐데 그게 어디에 있는지 쉽게 찾을 수 없었다. 사람 좋아 보이는 지나가는 이에게 물어보니 "모른다"며 미안한 듯 영어로 대답했다. "난 영국에서 왔으니까요"라고. 그러고 나서 몇 분 뒤 그 사람 좋아 보이는 이가 북적이는 사람들 사이를 헤집고 다시 내게 와서는 “저기요, 저기” 하고 가르쳐주었다. 그가 가리킨 한쪽 벽에 조피 숄 흉상이 설치돼 있고 그 벽을 돌아가자 전시실도 있었다. 그들은 아직도 “잊지 마라, 눈을 돌리지 마라” 하고 계속 말을 걸어오고 있었다.

『아무도 미워하지 않는 자의 죽음』(원제는 『백장미 *Die weiße rose*』)은 전쟁 뒤까지 살아남은 한스와 조피 숄 오누이의 누나이자 언니인 잉게 숄 Inge Scholl, 1917~1998 이 쓴 회상기다. 일본의 독일문학자 우치가키 게이이치 内垣啓一 가 1953년에 우연히 독일에서 원서를 입수해 귀국한 뒤 번역한 책이다. 1955년에 초판, 1964년에 개정판이 나왔다. 백장미 저항운동에 대해 일본에서는 오늘날까지 많은 문헌들이 간행됐지만 이 책이 처음이었다. 전후 일본에서 민주주의와 평화를 지향하는 젊은이들에겐 필독서였다.

내가 갖고 있는 것은 개정판 9쇄로, 1971년 판이다. 그해는 내가 대학 3학년이 된 해, 형들이 한국에서 체포·투옥당한 때다. 당시 나는 조국의 감옥에 갇혀 있던 형들과 다른 수많은 정치범들을 반나치 저항운동에 참여했다가 희생당한 독일 학생들과 겹쳐 함께 상상했다.

숄 오누이와 프롭스트는 롤란트 프라이슬러가 재판장이었던 인민재판소에서 재판을 받았다. 그것을 굳이 ‘재판’이라고 부른다면 그렇다는 얘기다.

조피는 취조당한 뒤에도 잠을 잘 잤고, 인민재판소에서는 배심원들을 향해 "우리 머리는 오늘 떨어지겠지만 당신들 머리도 앞으로 계속 떨어질 거예요" 하고 말했다. 오빠인 한스는 방청하러 온 남동생 어깨에 손을 얹고 "정신 차려. (나는) 한 발짝도 물러서지 않았어"라고 했다. 그들의 아버지는 반히틀러적인 언동을 했다는 직장 여직원들의 밀고로 징역 4개월을 선고받은 인물이다. 그 아버지는 방청석에서 외쳤다. "아직도 다른 정의가 있어!"

숄 오누이와 프롭스트에게 사형 판결이 내려졌다. "피고는 삐라에서 전시에 무기 생산을 사보타주하라고 촉구했고, 우리 민족의 국가사회주의적 생활을 타도하라며 패배주의를 선전했다. 우리 총통을 험하게 욕하고, 국가의 적을 이롭게 하는 짓을 했고, 우리 국방력을 약화시켰다. 이에 따라 사형을 선고한다."

세 사람은 바로 그날 참수당했다. 처형을 앞두고 조피는 같은 방 여성에게 이렇게 말했다. "나는 죽는 것 따위 아무렇지도 않아. 우리의 행동이 몇천 명의 사람들 마음을 흔들고 깨우칠 거야. 틀림없이 학생들 반란이 일어날 거야."

같은 방 여성은 이렇게 회상했다. "오, 조피. 너는 아직 몰라. 인간이 얼마나 나약한 짐승인지를." 사실 학생반란은 일어나지 않았다.

"나는 죽는 것 따위 아무렇지도 않아. 우리의 행동이 몇천 명의 사람들 마음을 흔들고 깨우칠 거야. 틀림없이 학생들 반란이 일어날 거야." 나치스에 대항하던 조피 숄은 처형을 앞두고서도 미래를 버리지 않았다. 하지만 그녀가 꿈꾼 미래는 과연 도래했을까? 뮌헨 대학에는 조피 숄을 기리는 흉상이 아직도 남아 있다.

그러기는커녕 세 사람의 처형 사흘 뒤 대학 강당에 모인 학생중대는 백장미를 매도하는 학생 지도자 연설에 환호하며 숄 오누이를 게슈타포에게 넘긴 직원을 찬양했다.

일본 자민당은 헌법 개정을 추진하고 있다. 그 초안의 뼈대는 자위대를 국군으로 바꾸고 국민의 기본적 인권을 억압하며 외국인의 인권을 명백히 부정하는 내용이다. 현행 헌법의 "고문 및 잔혹한 형벌을 절대로 금한다"는 조문에서 "절대로"를 삭제한 것이 이 개헌안의 본질을 노골적으로 드러내고 있다

부총리 겸 재무상인 아소 다로[麻生太郎]는 한 강연에서 '나치의 수법'을 배워 헌법을 개정하자고 말했다. 청중석의 정치가나 경제인 들은 낄낄대고 웃으며 그 말을 반겼다. 이 야비함과 경박함이야말로 견디기 어려운 것이다. 이것이야말로 파시즘의 온상이다. 하지만 일본 사회에서 아소의 발언을 문제 삼는 소리는 미약하다. 일찍이 이 책을 애독한 그 많은 일본인들은 어디로 사라져버린 걸까?

'틀림없이 그때도 이랬을 거야' 하고 나는 생각한다. 백장미 학생들이 살았던 시대, 그들을 "한없는 고독"으로 몰아간 공기도 틀림없이 이러했을 것이다.

"언제가 되면, 도대체 언제 국가는 그 최고의 임무가 그저 몇백만의 이름 없는 사람들에게 조그마한 행복을 안겨주는 것이라는 걸 인

정할까? 그리고 언제, 국가는 전혀 눈에 띄진 않지만 평화를 향해 애쓰는 많은 발걸음들이야말로 개인에게도 여러 민족들에게도 전장에서의 대승리보다 훨씬 더 위대하다는 사실을 깨닫게 될까?" 『아무도 미워하지 않는 자의 죽음』의 한 구절이다. 정말, 도대체 언제?

풍화되는 투쟁,
하지만 정의의 실천을 게을리 말라

피에로 말베치 등이 엮은 『사랑과 저항의 유서』

나탈리아 긴츠부르그의 『가족어 사전』

이번에는 두 권의 책을 읽었다. 일단 『사랑과 저항의 유서』에 대한 이야기를 먼저 시작한다. 이 책의 원제는 『이탈리아 레지스탕스 사형수의 편지*Lettrere di condannati a morte della resisetenza italiana*』이다.

1922년에 권력을 탈취해 이탈리아 총리가 된 베니토 무솔리니는 1925년(일본에서 치안유지법이 공포된 해)에 파시즘 독재를 선언했다. 파시스트 정권은 스페인 내전에서는 나치 독일과 함께 프랑코파를 지원했고, 1937년에 일본·독일과 3국 방공협정을 체결했다. 나치를 본떠 인종법으로 유대인을 배척하고 제2차 세계대전 때는 일본·독일과 함께 추축국이 돼 연합국과 싸웠다. 1943년, 스탈린그라드에서 독일군이 패배하고 연합군이 시칠리아 섬에 상륙함으로써 전세가 바뀌자 그해 7월 무솔리니는 국왕에 의해 해임돼 실각했다. 그러나 독일군이 이탈리아 북부를 점령하고 무솔리니를 구출해 살로라는 소도시에 그를 수반으로 하는 괴뢰정권을 세우고 전쟁과 파시즘 체제를 유지하려 했다.

이 시기를 전후해서 이탈리아 각지에서 다양한 파르티잔 그룹이 활발하게 활동하면서 각 그룹 연합체로 이탈리아국민해방위원회CLN를 결성했다. 이 연합체를 구성한 것은 공산당, 사회당, 행동당, 기독교민주당, 자유당, 노동민주당이었다. 행동당은 일찍부터 반파시즘 운동을 계속해온 진보적 리버럴 정당으로, 그 무장조직 '정의와 자유'는 1929년에 망명지인 프랑스 파리에서 결성됐다. 저명한 작가 프리모 레비는 이 '정의와 자유'의 일원으로 활동하다 체포됐고, 유대인이었기 때문에 아우슈비츠로 이송됐다.

격렬한 싸움 끝에 1945년 4월 27일 무솔리니는 코모 호반에서 파르티잔에 붙잡혔고 그다음 날 처형당했다. 5월에는 독일이 항복했다 (일본은 3개월 뒤인 8월 15일에 항복했다). 『사랑과 저항의 유서』는 이 시기의 반파시즘 투쟁 과정에서 목숨을 잃은 다양한 사람들의 유서를 당파를 초월해 널리 모은 것이다. 원서는 1952년에 이탈리아에서 간행됐으며, 일본에서는 1983년에야 번역 출판됐다.

'레지스탕스 사형수의 편지'라고 해도 정치적 이념이나 신념을 정연하게 피력한 것은 많지 않다. 오히려 죽음을 앞둔 극한상황에서 마지막 생각이 소박하고 짧은 말 속에 응축되어 있다. 유서를 쓴 사람들, 즉 학살당한 사람들 대부분은 이름 없는 민중들이다. 스무 살의 기계공 아르만도 암프리노는 "산악 지대에서 오래 고생한 뒤 이렇게 죽어야 하다니……. 곧 성체를 보내줄 형무소 담당 신부님 입회 아래 차분한 마음으로 죽겠습니다. 나중에 신부님 계신 곳으로 가면 묻힌 장소를 가르쳐줄 겁니다"라는 글을 남겼다. 예순한 살의 재봉사 주세페 안셀미는 가족들에게 이렇게 썼다. "오늘 밤 처형당한다는 통고를 받았다. (……) 이것 봐, 나는 죄가 없어. 부끄러움을 모르는 자들이 꾸민 함정에 걸려 희생당하는 거야. 그러니 너희는 전보다 더 가슴을 펴고 살아도 돼."

마흔한 살의 가구 장인인 피에트로 베네데티는 아이들에게 유서를 썼다. "공부와 노동을 사랑해라. 정직하게 살아가는 것이야말로 다른 어떤 것보다 나은 인생의 훈장이다. (……) 인간에 대한 사랑을 신조로 삼고 너희와 같은 사람들의 소망과 고통에 항상 신경써다오. 자유를 사랑하고 이 보물을 위해서라면 끝없는 희생을, 때로는 목숨을 버려야만 한다는 걸 잊어선 안 된다. 노예의 삶이라면 차라리 죽는 게 낫다. 어머니 조국을 사랑해라. 하지만 진정한 조국은 세계라는 것, 어디에나 너희와 같은 사람들이 있고 그들은 너희의 형제라는 것을 잊지 마라."

이 책의 대표 번역자인 가와시마 히데아키河島英昭는 다음과 같이 썼다. "우리(번역자)의 의도는, 말하자면 바깥外面에서 고찰을 시도하는 상황이나 운동 연구 또는 분석 방식과는 달리 민중 개개인의 마음속을 내면으로부터 조금이나마 밝혀보고자 하는 데 있다. (……) 이 말들(이 책 서문) 속에는 자발적으로 들고일어나 끝까지 싸운 사람들의 자신감이 흘러넘친다. 그리고 그런 결과 위에 이탈리아 민중은 전후의 새로운 문화를 쌓아올렸다. 정치적으로는 먼저 국민투표를 통해 군주제를 폐지하고 공화제를 확립했던 것이다. 이 책에 수록된 한

파르티잔에 가담한 한 가구 장인은 유서에 이런 글귀를 남겼다. "인간에 대한 사랑을 신조로 삼고 너희와 같은 사람들의 소망과 고통에 항상 신경써다오. 자유를 사랑하고 이 보물을 위해서라면 끝없는 희생을, 때로는 목숨을 버려야만 한다는 걸 잊어선 안 된다." 사진은 제2차 세계대전 당시 이탈리아에서 활동한 유대인 파르티잔들의 모습.

편 한 편의 '편지'는 둘도 없이 소중한 개개인들 영혼의 고통스런 기록임과 동시에 반파시즘이라는, 개인을 초월한 커다란 공통의 이상을 추구하고 있다. (……) 그것은 또한 1943년부터 1945년까지 일본인 개개인의 영혼의 궤적에 반영돼 우리 자신의 역사적 상황에 대해늘 반성하게 해줄 것이다."

이렇게 얘기한 뒤 가와시마는 이탈리아와 마찬가지로 파시즘을 경험한 일본에서는 "저항운동이, 더구나 해방운동이 거의 존재하지 않았던 사실을 확인해두지 않으면 안 된다"고 지적한다. "이른바 체제의 희생자로서의 영혼이 없었던 것은 아니다. 다만 우리는 아프게 공감하며 그런 기록들을 접하긴 해도 그것이 '레지스탕스'의 기록은 아니었다는 사실만은 잊어선 안 될 것이다. 왜냐하면 그들의 총구는, 예컨대 학도병으로 동원된 병사의 그것은 다른 쪽을 겨냥하고 있었으니까. (……) 총구의 방향을 바꾸기 위해서는 자기 육체의 소멸을 각오하고 사상의 변혁을 꾀하지 않으면 안 된다."

이것은 "전후 체제로부터의 탈각"을 주창하는 총리가 공공연히 야스쿠니 신사에 참배하고, 전쟁 피해 민족들이 이에 항의하면 "위협에 굴복하지 않겠다"며 오히려 협박조로 나오는 지금의 일본 사회에서 다시 한번 곱씹어봐야 할 말이다.

이 책 서문을 쓴 엔초 엔리케스 아뇰레티Enzo Enriques Agnoletti는 해방투쟁 당시 행동당의 대표적 존재였고 해방 뒤에는 수많은 평화운동을 추진했다. 하지만 그의 쌍둥이 누이는 반파시즘 투쟁 중에 붙잡혀 처참한 고문 끝에 총살당했다. 그 서문에 다음과 같은 대목이 있다. "(이 책에 수록된 편지에는) 일관되게 하나의 정신이 흐르고 있는데, 그것은 인간성과 용기를 어떻게 최후까지 지켜낼 수 있었는지, 또한 20년간의 파시즘 죄업이 저 희생자들의 영혼 덕에 얼마나 부당하게 속죄받았는지를 후세에 길이길이 증언할 것이다. 이탈리아 민중은 저 시대에 양식良識을 발견할 수 있었다. 비록 그 뒤에는 정의의 실천을 게을리해왔지만. 또다시 과오를 범해서 저런 가혹한 고통과 희생이 또 필요한 날이 두 번 다시 오지 않기를 누구나 바라고 있을 것이다. 하지만 만일 그것이 필요한 날이 또 오더라도 이 전례가 즉각 되살아나 이탈리아 민중은 자신이 취해야 할 길을 훨씬 쉽게 찾아낼 수 있을 것이다."

여기에 두 가지 중요한 요소가 들어 있다. 하나는 번역자도 지적했듯이 이탈리아 민중이 엄청난 희생을 치르고 싸워서 해방을 이룩했다는 '자신감'이다. 또 하나는 해방된 지 겨우 7년 뒤에 쓰인 서문에서 이미 "정의의 실천을 게을리했다"는 쓰라린 반성을 한 데서도 엿볼 수 있듯이, 이런 투쟁의 성과는 급속히 풍화된다는 교훈이다. 이는 피와 눈물로 뒤범벅된 독립운동과 민주화운동의 성과가 자칫

폐기처분될지도 모르는 지금의 한국에서도 마찬가지가 아닐까. 한국 민중은 '정의의 실천'을 게을리하고 있는 게 아닐까. 고귀한 희생을 잊지 않으면서 '취해야 할 길'을 찾아낼 수 있을까. 이 책은 이탈리아인들만이 아니라 우리 모두에 대한 유서이며, 역사적 반동기를 살아가는 모든 사람들이 상기해야 할 공동의 유산이라고 할 수 있다.

『사랑과 저항의 유서』에는 '정의와 자유'의 지도자 가운데 한 사람이자 기관지 편집장이었던 레오네 긴츠부르그Leone Ginzburg의 편지도 들어 있다. 그는 러시아 오데사에서 태어난 유대인으로, 어린 시절 이탈리아로 이주했다. 토리노 대학 러시아문학 강사를 지냈으나 1933년 파시스트당에 대한 선서를 거부하다 해직당했다. 금고 4년형을 받았고 1940년에는 이탈리아 남부로 유형당했다. 에이나우디 출판사 창립 멤버의 한 사람이기도 하다. 1943년 11월 체포돼 고문 끝에 빈사 상태가 됐다가 1944년 2월 5일 서른넷의 나이로 숨졌다.

"사랑하는 나의 나탈리아. (……) 창작에 몰두해서 복받쳐 흐르는 눈물을 잊을 수 있었으면 좋겠소. 뭐라도 좋소. 사회적인 활동을 해서 다른 사람들의 세계를 접했으면 좋겠소. (……) 얼마나 그대를 사랑하고 있는지. 만약 그대가 없다면 나는 기꺼이 죽을 수 있겠는데(이것도 최근에 도달한 결론이오)." 이 편지에 등장하는 그의 아내는 여성 소설가 나탈리아 긴츠부르그Natalia Ginzburg이며, 아이들 중 한 명은 역사가 카를로 긴츠부르그Carlo Ginzburg다.

나탈리아의 소설 『가족어 사전*Lessico famigliare*』은 파시즘기 이탈리아 어느 유대인 일가의 초상이다. 그러나 여기에 묘사돼 있는 것은 처참한 투쟁의 프로필이 아니라 그런 투쟁 속에서 발휘된 놀라운 유머와 풍부한 지성이다. 앞서 소개한 책과 이 책은 태양과 달과 같은 관계이며, 한쪽이 다른 쪽에 대한 이해와 공감을 한층 더 심화시킨다. 이 두 책이 한국에서 번역돼 있는지 나는 모른다. 아직 번역돼 있지 않다면 이제라도 꼭 그리 되기를 바란다(이 책은 2016년 한국어판이 출간되었다—편집자). 『사랑과 저항의 유서』는 필독의 역사적 기록으로, 『가족어 사전』은 최상의 문학으로. 둘을 함께 읽을 수 있는 기회를 제공하는 것은 지식인과 출판인의 문화적 책무다.

참극의 유대인 거리에
남은 것과 변한 것

나탈리아 긴츠부르그의 『가족어 사전』

가와시마 히데아키의 『이탈리아 유대인의 풍경』

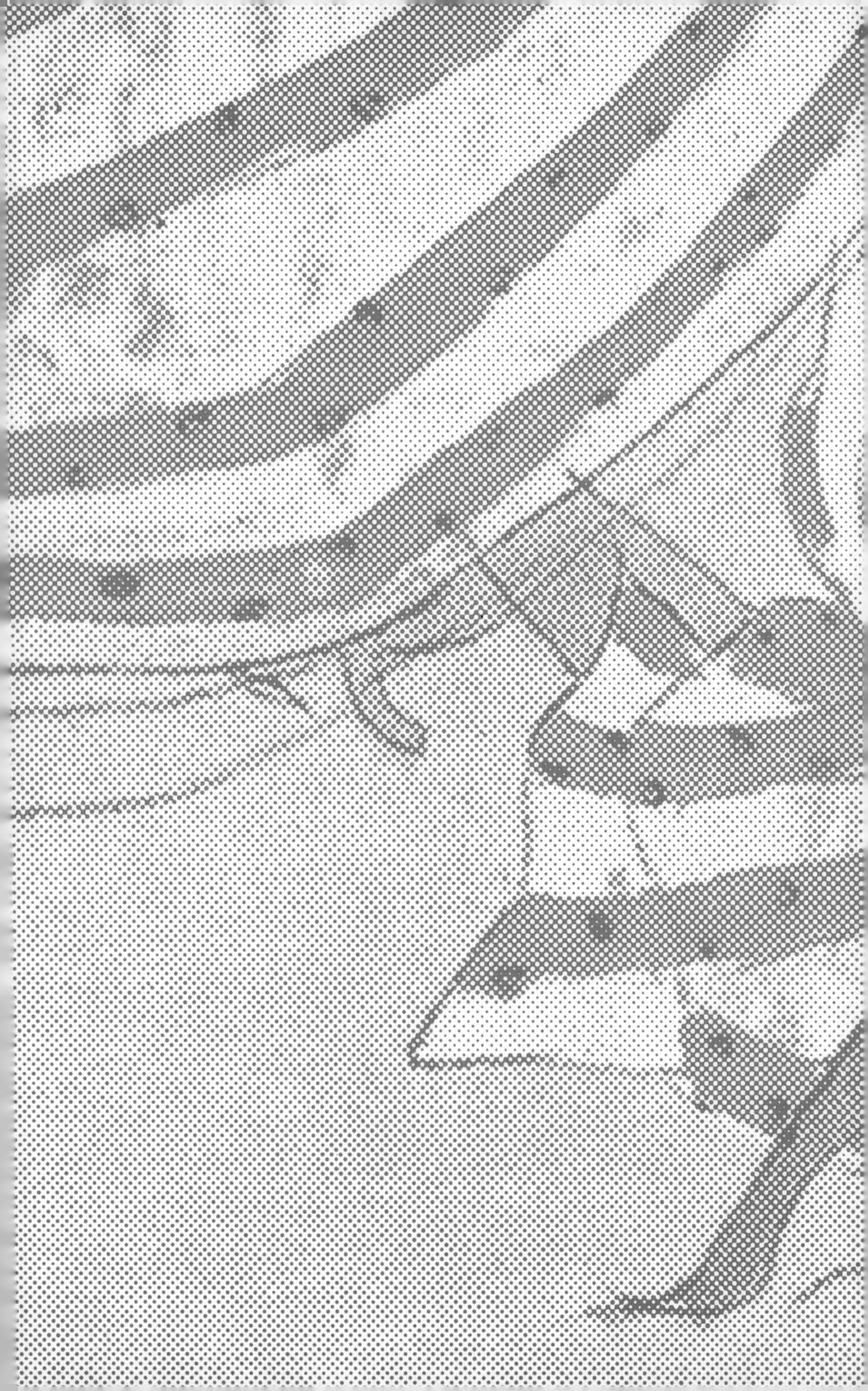

약 3주간 이탈리아를 다녀왔다. 로마에서 페라라, 밀라노를 거쳐 북상하다 마지막에 하루뿐이었지만 토리노에도 들렀다. 여행의 길잡이는 나탈리아 긴츠부르그의 『가족어 사전』, 그리고 가와시마 히데아키의 『이탈리아 유대인의 풍경イタリア·ユダヤ人の風景』이었다. 가와시마는 앞서 소개한 『사랑과 저항의 유서』의 일본어판 번역자이기도 하다.

로마에 도착한 뒤 바로 유대인 거리를 찾았다. 고대 로마의 유적 마르첼로 극장Teatro di Marcello은 카이사르가 착공하고 기원후 11년 옥타비아누스 시대에 완성됐다. 원래는 1만 5천 명을 수용하는 대극장이었다. 이 극장 유적 옆에 멋진 시너고그synagogue(유대교 교회당)가 있다. 그 일대가 유대인 거리다. 지금도 유대계 시민들이 많은지 키파라고 불리는 유대교도 특유의 모자를 쓴 사람들이 눈에 띄었다. 유대의 전통 과자를 파는 가게에 들어가 큼직한 타르트를 사서 근처 카페에 앉아 아내와 나눠 먹었다. 밝은 봄 햇살을 받은 거리 모습은 얼핏 보기에 평화 그 자체였다.

이 거리에서 이른바 '로마의 참극'이 일어났다. 1943년 9월 26일, 이탈리아 북반부를 사실상 점령하고 있던 독일군 나치 친위대SS 대장 헤르베르트 카플러는 유대 공동체 수장에게 200명의 인질을 내놓든지 금괴 50킬로그램을 내놓으라고 요구했다. 유대인은 이중의 의미에서 유죄라고 했다. 즉 독일의 영원한 적이 된 인종(유대인)이기 때문에, 그리고 독일을 배반한 이탈리아 국민이기 때문에(그해 7월 25일 무솔리니가 실각했다. 그 대신 들어선 바돌리오 정권은 9월 3일 연합국과 휴전협정을 맺었고, 10월 13일 독일에 선전포고를 했다).

난제에 휘말린 유대인 공동체는 하루 반이라는 기한 내에 강요당한 거액의 금괴를 모으느라 분주했다. 교황청에서도 모자랄 경우에는 금괴 15킬로그램을 제공하겠다는 뜻을 전했다. 소문을 들은 비유대계 로마 시민들 사이에도 동정 분위기가 퍼져 익명으로 금 제품을 제공하겠다는 사람들도 있었다. 그렇게 해서 기한 내에 가까스로 지정된 양을 채운 금괴를 나치 비밀경찰 본부로 가져갔으나 그들을 맞은 비밀경찰 대위는 사사건건 트집을 잡으며 수령증 발급을 거부했다. 10월 16일 토요일 이른 아침. 이탈리아에서 처음으로 유대인 무차별 체포가 시작됐다. 그때 구속당한 사람은 1022명.

그중에는 자신이 보호하고 있던 신체 부자유 유대인 고아와 운명을 함께한 비유대계 여성 한 명도 포함돼 있었다. 그들은 이틀 뒤 가축용 화물 객차 열여덟 량에 짐짝처럼 채워져 북쪽으로 이송됐다. 물도 먹을 것도 주지 않은 가혹한 이송 과정에서 적지 않은 사람들이 사망했고, 주검들은 도중의 정거장들에 차례차례 버려졌다. 6일 밤낮을 달려 이송열차는 아우슈비츠에 도착했다. 그들 1022명 중 전후에 살아 돌아온 사람은 15명이었다고 한다.

로마 체류의 또다른 목적은 시내 각 곳에 흩어져 있는 카라바조의 그림들을 찾아보는 것이었다. 바티칸 박물관의 〈십자가에서 내려지는 예수 그리스도〉, 산타마리아 델 포폴로 교회의 〈십자가에 거꾸로 매달리는 성 베드로〉, 보르게세 미술관의 〈골리앗의 머리를 든 다윗〉 등등……. 볼수록 아, 정말 무참하구나 하는 감정이 치밀어 올라왔다. 카라바조의 타협을 모르는 박진감 있는 묘사가 현실 그 자체의 잔혹성과 길항하고 있었다.

로마라는 곳에 가보면 '로마의 참극'조차 고대부터 되풀이돼온 수많은 참극의 한 장면에 지나지 않는다는 느낌에 사로잡힌다. 하지만 그 한편으로, 이미 고대가 아닌 아주 가까운 과거에 그런 일이 벌어졌다는 것, 그리고 지금도 우리는 그런 무참한 현실에서 빠져나올 방도를 모른다는 사실에 다시 한번 망연해진다.

로마에 체류한 뒤 에밀리아로마냐 지방의 중세 도시 페라라로 향했다. 상당 부분 원형을 간직한 채 페라라에 남은 유대인 거리의 공기를 마셔보기 위해서다. 페라라에서는 에스텐세 성과 대성당에 가까운 구시가지에서 숙박을 했다. 그곳은 바로 옛 게토 한복판이었다. 그 거리에는 "아이 주먹만 한 크기의 무수한 돌멩이들"이 빼곡히 깔려 있었다. 중세 유대인들이 포 강변에서 주워 모았다고 한다.

페라라의 유대인 공동체는 영주 에스테 집안과의 관계도 나쁘지 않았다고 한다. 에스테가의 통치가 단절되고 페라라가 교회국가에 편입되면서 유대인의 생활은 갖가지 제약을 받게 된다. 유대인 거리가 다섯 곳의 철문으로 봉쇄됐고, 나폴레옹군이 해방할 때까지 그곳은 강제 거주지구가 됐다.

1943년 11월 15일, 파시스트들의 시민 학살 사건이 일어났다. 베

로나와 파도바에서 트럭에 분승하고 들이닥친 파시스트들이 지식인, 변호사, 유대인 등 열한 명을 사살하고 그 주검을 에스텐세 성 도랑 옆에 방치해 구경거리로 삼았다. 희생자들 중에 무두질 가죽 장인 비토레 하나우와 마리오 하나우라는 유대인 부자가 있었다. 그해 9월 대규모 유대인 사냥을 모면한 이들 부자는 게토의 헛간에 숨어, 비유대계로 경건한 가톨릭교도였던 아내가 바닥에 뚫은 구멍으로 들여보낸 음식으로 연명하고 있었다. 그 부자가 끌려 나가 사살당했다. 페라라에서도 많은 유대인들이 나치 파시스트들한테 붙잡혀 강제수용소로 이송당했다.

내가 투숙한 숙박업소 주인은 호인으로, 그 지역의 맛 좋은 와인, 아내가 손수 만든 과자, 수제 살라미 소시지 등을 아낌없이 나눠주었다. 그도 유대인이었을까. 만일 그랬다면 친족이나 지인 중에도 희생자가 있을 것이다. 하지만 나는 그런 생각을 입 밖에 내지는 않았다. "당신은 어떤 일을 하나요?" 하고 묻기에, "작가요. 프리모 레비에 대

한 책을 쓰기도 했죠" 하고 대답하자, "프리모 레비? 그거 좋군" 하고 그가 고개를 크게 끄덕이던 모습이 기억에 남아 있다.

페라라에서 밀라노로 이동한 뒤 하루 일정으로 토리노를 찾았다. 내게는 세 번째 방문이었다. 첫 방문은 1996년. 그때의 여행 인상을 토대로 『프리모 레비를 찾아가는 여행』을 썼다. 두 번째는 2002년, NHK 다큐멘터리 제작팀과 동행했다. 그 12년 뒤인 지금, 무엇이 변하고 무엇이 그대로 남았는가. 나 자신은 어떻게 변했을까. 그것을 느껴보고 싶었다.

밀라노에서 토리노로 가는 열차 차창으로 눈을 인 채 빛나고 있는 알프스 봉우리들이 멀리 바라다보였다. 포르타누오바 역에 내려 친절한 여학생이 가르쳐준 대로 역 앞에서 공공묘지로 가는 버스를 탔다. 묘지에 도착하자 기억 속의 그 정문을 많은 참배객들이 드나들고 있었다. 드넓은 묘지에 들어가 유대인 묘역 쪽으로 갔다. 그런데 거기에 갔더니 묘역 출입구 철문이 닫혀 있고 자물쇠가 채워져 있었다. 금요일과 토요일은 유대교 안식일이기 때문에 묘역의 문을 닫아버린 것이다. 모처럼 멀리서 찾아왔는데, 프리모 레비 묘에 다가갈 수 없다니. 다만 철책 너머로 전에 본 기억이 있는 묘비가 보였다. 주변 관목들이 더 크게 자란 듯했다.

1996년에 처음 방문한 지 18년, 두 번째로 촬영한 지 12년, 그 사

위의 사진은 1943년 이탈리아 페라라의 게토에서 유대인을 상징하는 '다윗의 별'이 새겨진 완장을 정리하는 이들의 모습. 나탈리아 긴츠부르그는 『가족어 사전』이라는 소설을 통해 이 시기 이탈리아 유대인 일가의 초상을 유머와 지성을 통해 복원해낸다. 아래는 『가족어 사전』의 이탈리어판 표지.

이에 레비의 아내 루치아 씨와 토리노 거주 아우슈비츠 생존자 줄리아나 테데스키 씨를 비롯한 많은 관계자들이 세상을 떠났다. 살아있는 증인들이 하나둘 사라져간 것이다. 그들의 묘는 어디에 있는지, 그 묘비에는 무엇을 새겼는지 알 수 없다. 유대인 묘역을 떠날 때 묘역의 벽에 희고 큰 사각형 비가 설치돼 있는 게 눈에 띄었다. 거기에 나치 파시즘이 자행한 토리노 지역 유대인 학살 희생자들 이름이 새겨져 있었다. 그중 스무 명이 넘어 보이는 사람들의 성이 레비Levi였다.

낡은 노면전차를 타고 레 움베르토 가에 가보았다. 거기에는 예전에 찾아갔던 프리모 레비의 자택 아파트가 있다. 가보니 전혀 변함없는 모습 그대로 거기에 있었다. 지금은 아들 일가가 살고 있다. 레 움베르토 가에는 나탈리아 긴츠부르그 일가도 살았던 적이 있다. 일가의 성 역시 레비다. 『가족어 사전』에 생생하게 묘사된 토리노 지식인들, 레오네 긴츠부르그, 아드리아노 올리베티, 체사레 파베세 등이 오가던 거리. 전쟁 중에는 반파시즘 운동의 거점이었고, 전후에는 공화제를 실현한 진보적 운동의 지적·문화적 기반이 된 곳이다. 그 넓은 거리에 서서 고개를 약간 드니 파르티잔들이 활동했고 망명자들이 오갔던 알프스 봉우리들이 눈에 들어왔다.

"인간성의 이상으로 희게 빛나는 봉우리들……." 토리노 주변을 에워싼 험준한 산들을 나는 일찍이 그렇게 불렀다. 지금도 산들은 변함없이 거기에 있지만, 이상의 광휘는 위협받고 있다. 반파시즘 투쟁을 떠맡았던 전후 이탈리아의 풍요로운 지적 문화를 형성했던 세대는 거의 퇴장했다. "가장 뛰어났던[最良] 인간들"은 거의 세상을 떠났다. 지금은 조야하고 천박한 포퓰리스트들의 거칠고 사나운 목소리들이 사회를 휘어잡으려 하고 있다. 전 세계에서 이민 배척을 외치는 극우 세력이 대두하고 있다. 그런 현상은 이탈리아에 국한된 게 아니다. 일본에서도 심각하다. 나탈리아 긴츠부르그와 프리모 레비가 지금 살아 있다면 무슨 말을 할까.

용기 있는 패배자,
식민주의 섬기던 이성을 구원하다

바르톨로메 데 라스카사스의

『인디아스 파괴에 관한 간략한 보고서』

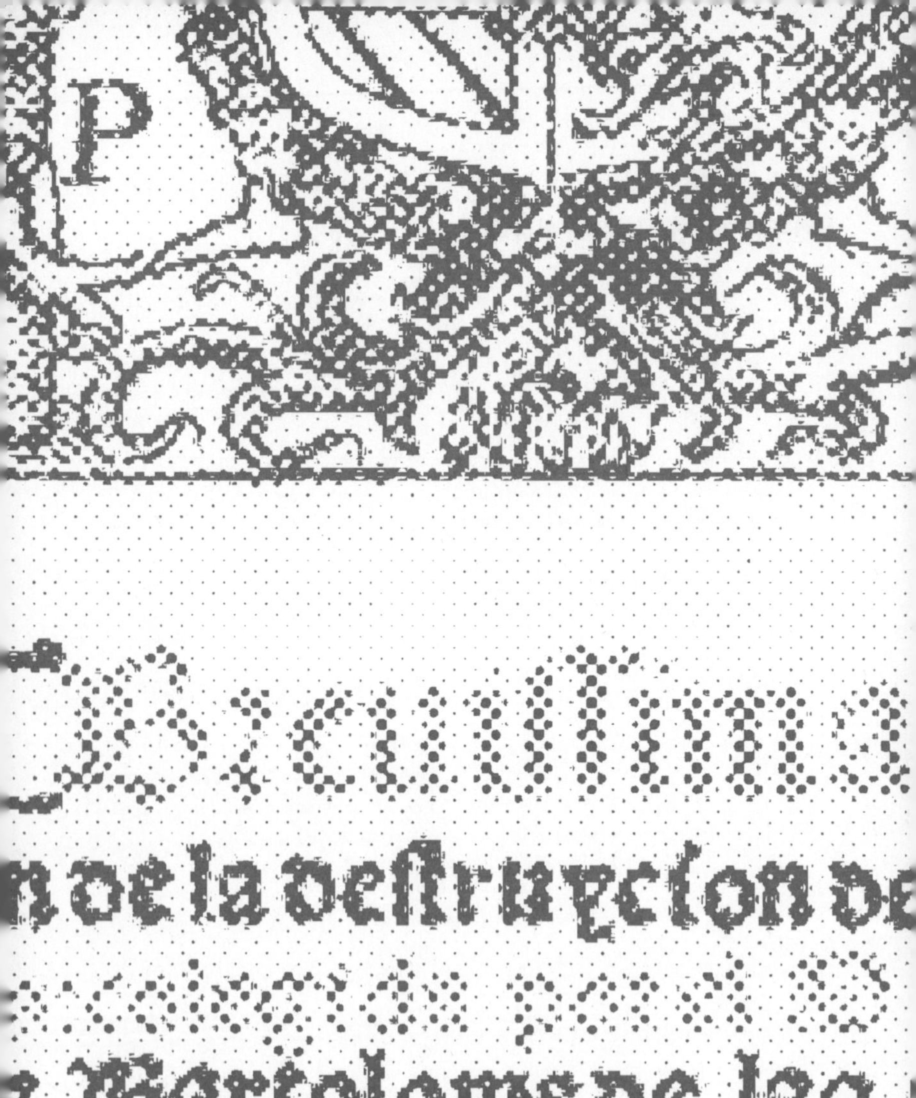

n de la destruycion de

z Bartolome de las

igo.

Año. 1552.

1992년에 나는 스페인 남부 코르도바에서 그라나다, 세비야를 거쳐 포르투갈의 리스본에 이르는 길을 혼자 렌터카를 타고 여행했다. 그때는 아직 체력도 좋고 시간도 있었기에 가능한 여행이었다. 여행의 목적은 알람브라 궁전 등 아라베스크 미술과 프란시스코 데 수르바란, 바르톨로메 에스테반 무리요 같은 스페인 가톨릭 미술 대가들의 대작을 보는 것이었다. 늘 하던 미술 순례였으나 그때의 나에겐 또 하나의 목적의식이 있었다.

화려한 세비야의 거리를 걷다가 가로수에 오렌지가 가지가 휘도록 달리고 여기저기 떨어진 열매들이 뒹굴고 있는 광경에 놀랐다. 얼마든지 주워 먹을 수 있었다. 얼마나 풍요로운가. 스페인에 가보니 라틴아메리카(중남미)가 '바로 곁'이라고 할 만큼 가깝게 느껴졌다. 길거리에는 페루나 볼리비아에서 온 것으로 보이는 악사들이 민속음악을 연주하고 있었다. 유럽인들이 기피하는 육체노동에 종사하고 있는 것도 그들이었다. 그 표정은 어둡지 않았으나 자세히 보면 밝은 것도 아니었다. 슬픔과 분노를 꾹꾹 눌러 삼킨 듯 투명한 무표정이었다. 유럽 중심에서 이베리아반도를 거쳐 대서양을 넘고 남북아메리카 대륙으로 뻗어가는 눈에 보이지 않는 길이 뇌리에 떠올랐다. 탐욕스럽고 잔인한 정복자들이 닦은 그 길을 되밟아 한 줌 양식을 얻기 위해 고난과 굴욕을 감내하며 그 무표정한 사람들은 거기까지 왔던 것이다.

그해는 콜럼버스가 신대륙에 '도착'한 지 정확하게 500년이 되는 해였다. 신대륙 '발견'이 아니라 '도착'이다. 서양 중심주의 시각으로 보면 '발견'이겠지만 원래 거기에 살고 있던 원주민(인디오) 처지에서 보면 그것은 '도착'이며, 단적으로 말하면 '침략'이었다. 지금도 라틴

아메리카 원주민 사이에는 "콜럼버스가 왔다!"는 말은 "난데없는 재앙이 덮쳤다!"는 의미로 사용된다고 한다.

1492년은 또 이베리아반도에 남아 있던 마지막 이슬람국 그라나다가 함락돼 기독교 세력의 '레콘키스타Reconquista(영토 재정복)'가 완성된 해이기도 하다. 기독교, 이슬람교, 유대교 등이 혼재하던 다원적 시대가 끝나고 불관용적이고 일원적인 기독교 지배 시대가 시작됐다. 그것은 이단 심문의 몇 세기를 거쳐 20세기의 프랑코 독재 시대까지 이어졌다. 그해에 이베리아반도에서 쫓겨나 북아프리카, 네덜란드, 그리스 등 각지로 이산한 유대교도들(세파르딤)의 고난은 20세기의 나치에 의한 홀로코스트로 귀결됐다.

화사한 강변에 서서 납처럼 반짝이며 흘러가는 과달키비르 강을 바라보고 있자니, 난민이 되어 이 강을 따라 내려간 이슬람교도들과 유대교도들 모습이 떠올랐다. 반대로 신대륙에서 약탈한 진귀한 물산과 노예 들을 가득 싣고 의기양양하게 강을 거슬러 올라가는 정복

자들 모습도 환영처럼 비쳤다. 이런 환상을 보려고 여기에 온 것이라고 나는 생각했다.

15세기부터 17세기까지 유럽인들의 아시아·아메리카 대륙에 대한 식민주의적 해외 진출 시대를 일본에서는 보통 '대항해 시대'라고 부른다. 이는 종래의 서양 중심주의적인 '지리상의 발견', '대탐험 시대'를 대체한 것으로, 역사학자 마스다 요시오增田義郎가 창안한 용어라고 한다. 이 '대항해 시대'를 거쳐 이매뉴얼 월러스틴Immanuel Wallerstein이 말하는 '근대 세계 시스템'이 만들어졌다. 그것은 지구상의 대다수 사람들에겐 식민지배, 세계 전쟁, 출구가 보이지 않는 저개발과 빈곤이라는 재앙을 의미한다. 1492년은 말하자면 그런 재앙의 연대기에 이정표가 된 해인 것이다.

그 500주년을 맞아 스페인을 비롯한 서구 세계에서는(어리석게도 일본에서도) '콜럼버스 신대륙 발견 500년 축제' 같은 부끄러워해야 할 행사들이 이어졌다. 그런 움직임에 대해 전 세계 원주민들이 항의의 목소리를 높여 1992년을 '원주민의 해'로 정하도록 유엔에 요청했으나 스페인 정부를 비롯한 서구 국가들과 타협한 유엔은 그다음 해인 1993년을 '원주민의 해'로 정했다. 그런 움직임이 이어지던 시절에 나는 바르톨로메 데 라스카사스Bartolom de Las Casas, 1474~1566 신부의 『인디아스 파괴에 관한 간략한 보고서*Brevísima relacíon de la destrucción de las indias*』를 읽었다. 거듭 읽으면서 라스카사스의 연고지에 가보고 싶은 마음을 억누를 수 없었다.

에스파뇰라섬(지금 도미니카와 아이티가 있는 섬)은 "크고 매우 풍요로운 섬이었다"는 얘기로 라스카사스의 '보고'는 시작된다. "세계 어디를 찾아봐도 볼 수 없을 만큼 많은 토착민들, 인디오들이 북적거리며 살았다." "신은 그 지역 일대에 사는 무수한 사람들을 모두 소박하고, 악의 없고, 또한 순박한 인간으로 창조하셨다." "인디오들은 소박한 옷과 소박한 음식에 만족하고 다른 사람들처럼 재산을 소유하지 않았고 또 소유하려는 생각도 없다. 따라서 그들이 사치를 부리거나 야심이나 욕망을 품는 일은 결코 없다." "최근 40년간 그리고 지금도 스페인 사람들이 일찍이 인간이 본 적도 읽은 적도 들은 적도 없는 온갖 새로운, 잔혹하기 짝이 없는 수법으로 끊임없이 인디오들 신체를 토막내고, 살해하고, 괴롭히고, 고문해서 파멸로 몰아가고 있다. 예컨대 우리가 처음 에스파뇰라섬에 상륙했을 때 섬에는 약 300만 명의 인디오들이 살고 있었으나 지금은 겨우 200명 정도밖에 남아 있지 않다." "최근 40년간 기독교도들이 저지른 포악하고 극악무도한 짓으로 말미암아 남녀, 아이들 포함해서 1200만 명 이상의 사람들이 살육당한 것은 틀림없는 사실이다." "기독교도들이 그토록 많은 사람들을 죽이고 파멸로 몰아간 까닭은 단 한 가지, 오로지 황금을 손에 넣겠다는 일념으로, 가능한 한 짧은 시일에 재산을 긁어모으기 위해, 신분에 걸맞지 않은 높은 지위를 차지하려고 한 데에 있다."

이렇게 써나간 뒤 이 소책자는 "포악하고 극악무도한 짓"의 수많은 사례들을 매우 구체적으로 보고한다. 그 상세한 내용을 차마 여기에 일일이 적어놓진 못하겠다. 꼭 한번 읽어보시기를 권한다.

라스카사스는 1474년에 세비야에서 태어났다. '콘베르소converso(기독교로 개종한 유대교도·이슬람교도)'의 피를 이어받았다는 설도 있으나 확증은 없다. 그다지 유복하지 못했던 아버지 페드로는 '한몫 잡기' 위해 1493년 콜럼버스의 제2차 항해에 참가했다. 라스카사스 자신은 1502년에 니콜라스 데 오반도가 이끄는 선단에 들어가 에스파뇰라섬으로 건너갔다. 그때의 그는 아직 지극히 평범한 식민지 이주자였고 식민주의의 부당성에 대한 인식도 없었다. 1504년에는 인디오의 '반란' 진압군에 가담했으며, 인디오를 노예로 부리면서 농장을 경영하기도 했다.

그러나 1510년 도미니코회 사제 안토니오 데 몬테시노스Antonio de Montesinos가 처음으로 정복자들을 비난한 설교를 접했고, 1512년에는 종군사제로 참가한 쿠바섬 정복전쟁에서 인디오에 대한 고문과 학살을 목도하고 격심한 양심의 가책을 느끼게 된다. 1514년 라스카사스의 인생에서 '첫 번째 개심改心'으로 일컬어지는 일이 벌어졌다. 종

P V

Breuissima rela
cion de la destruycion delas In-
dias: colegida por el Obispo do
fray Bartolome de las Casas / o
Casaus de la orden de Sacto Do-
mingo.

Año. 1552.

아메리카 침략자를 옹호하는 이들은 '인간적' '이성' '진보' 등의 말을 야만적 행위를 합리화하는 레토릭으로 사용했다. 침략자들의 포악성을 기록하고 증언한 라스카사스가 없었더라면, 우리는 이 단어들에서 비릿한 피비린내만을 맡아야 했을지도 모른다. 사진은 『인디아스 파괴에 관한 간략한 보고서』의 초판본 표지.

군사제의 지위를 버리고 소유하고 있던 인디오 노예를 해방하고 엔코미엔다Encomienda 제도를 엄중하게 규탄한 것이다. 엔코미엔다란 스페인 국왕이 스페인인 이주자에게 기독교 교화를 조건으로 인디오들을 부릴 수 있도록 허가한다는, 사실상의 노예제도다. 라스카사스는 1566년에 세상을 떠날 때까지 여섯 차례 대서양을 건너가 일부 성직자들이 벌이고 있던 인디오의 자유와 생존권 지키기 운동에서 중심적인 역할을 맡는다. 1541년 말 그는 국왕 카를로스 5세를 알현하고 정복을 즉각 중단하라고 호소했다. 그때의 보고서를 토대로 내용을 보태고 손질해서 출판한 것이 이 책이다.

그의 후반생은 식민지배를 정당화하고 권익을 지키려는 보수파와의 논전에 바쳐졌다. 스페인의 인문주의자 겸 가톨릭 성직자 후안 히네스 데 세풀베다Juan Ginés de Sepúlveda는 '바야돌리드 논쟁'에서 학식을 총동원해 라스카사스에게 반론을 폈다. "기독교도들이 그 야만인(인디오)들을 복종시켜 지배하는 것은 지극히 정당하다." "자연법에 따르면, 이성이 결여된 사람들은 그들보다도 인간적이고 사리 분별력을 갖춘 뛰어난 사람들에게 복종해야 한다." "인간 중에는 그 자연본성에 의해 주인인 자와 노예인 자가 있다. 저 야만인들은 죽음의 위험에 처할지라도 정복당함으로써 매우 큰 진보를 이룰 수 있다."

'인간적' '이성' '사리 분별' '진보'라는 말들을 이런 식으로 사용하다니. 비위가 상할 정도로 전형적인 식민주의 레토릭(수사)이다. 하지만 식민주의의 포악성은 그 뒤 500년간이나 이어졌고 지금도 우리는 이런 레토릭의 변주곡을 계속 듣고 있다. 『인디아스 파괴에 관한 간략한 보고서』가 약 500년 전에 쓰였다는 사실, 그리고 당사자인 스페인 사제에 의한 '내부 고발'이라는 사실에 거듭 놀라움을 금할 수 없다.

만약 라스카사스가 없었다면, 하고 상상해본다. 그랬다면 신세계의 스페인인 침략자들의 포악성에 관한 상세한 증언이 남아 있지 않겠지만, 어디 그뿐이랴. 우리는 '인간성'이나 '이성'이라는 말에 이미 오래전부터 절망하고 있을 것이다. 그와 같은 존재는 현실 세계에서는 항상 소수이고 패배자이다. 하지만 그 용기 있는 소수의 존재 덕에 '인간성'이나 '이성'에 대한 우리의 기대가 가까스로 구원받아왔다. 가톨릭(보편적)이라는 것은 어쩌면 그런 것인지도 모른다.

인간해방을 실현하는
그릇으로서의 국가를 옹호하다

마르크 블로크의 『이상한 패배』

1944년 6월 16일, 프랑스 리옹 교외에서 스물여덟 명의 사람들이 총구 앞에 줄지어 끌려나갔다. 그들 중에 점잖은 초로의 한 신사가 있었다.

"그 신사 옆에서 열여섯 살 소년이 떨고 있었다. '아플 거야.' 마르크 블로크는 부드럽게 소년의 팔을 잡고 한마디 했다. '아니야. 조금도 아프지 않아.' 그러고는 '프랑스 만세!'를 외치며 맨 먼저 쓰러졌다." 살아남은 동지 조르주 아르트만(샤보)이 전한 마르크 블로크 최후의 순간이다.(『이상한 패배』 서문)

샤보는 계속한다. "내 눈에는 지하 투쟁의 젊은 동지 모리스가 스무 살 앳된 얼굴을 기쁨으로 붉게 물들이며 내게 '신규 가입자'를 소개하던 그 멋진 한때가 지금도 아른거린다. 그는 쉰 살의 훈장받은 신사로, 단정한 얼굴에 반백의 머리칼, 안경 너머에는 날카로운 시선을 빛내며 왼손에는 서류 봉투를 또 한 손엔 지팡이를 쥐고 있었다. (……) 숨 막힐 듯 쫓기는 생활, 피할 수 없는 방랑 생활 속에서 나는 '경애하는 선생님'이 가져다준 방법이나 질서에 대한 배려에 금방 탄복했다. (……) '경애하는 선생님'은 우선 열심히 비합법 활동이나 봉기의 초보를 배웠다.

그러고는 곧 이 소르본의 교수는 도시의 지하 저항운동이라는 '들개'와 같은 소모적인 생활을 놀라울 정도의 냉정을 견지한 채 우리와 함께 견뎌냈다. (……) '만일 구사일생으로 살아남는다면 다시 강의를 시작해야지.' 그는 종종 우리에게 그런 말을 했다. (……) 그는 나아가 모든 걸 인간의 척도로, 그리고 정신의 가치로 되돌리려 했다. 경보, 추적, 황급한 출발, 지하생활의 검거 사이에서 그에게 필요했던 것은 흔히 얘기하듯 도망치는 것이 아니라 인생의 진정한 영역, 즉 사상과 예술의 장으로 돌아가는 것이었다."

마르크 블로크[Mark Bloch, 1886~1944]는 20세기의 프랑스 역사학을 대표하는 역사가다. 스트라스부르 대학 동료로 프랑스 혁명사 연구의 1인자 뤼시앵 페브르[Lucien Febvre]와 함께 1929년에 《아날(연보)》을 펴내면서 역사학계에 새로운 바람을 불어넣었다. 주요 저서로 『기적을 행하는 왕』(1924), 『프랑스 농촌사의 기본 성격』(1931), 그리고 대표작이 된 대저 『봉건사회』(1939~40) 등이 있다. 그의 이름은 전쟁 전부터 역사학자들 사이에선 잘 알려져 있었으나, 전후 프랑스 사상사 연구자 가와노 겐지[河野健二]의 「어느 과학자의 레지스탕스」(1950), 일본사 연구자 이시모다 다다시[石母田正]의 「마르크 블로크의 죽음」(『역사와 민족의 발견』, 1952) 등에 의해 더욱 잊을 수 없는 존재가 됐다. 블로크의 생애에 특별한 빛을 비춰준 저서는 『이상한 패배: 1940년의 증언[*L'étrange défaite: Témoignage écrit en*]』이다. 일본어판은 1955년에 출간되었고, 2007년에 히라노 지카코[平野千果子]의 새 번역본이 나왔다.

나보다 조금 윗세대에게 마르크 블로크라는 이름이 얼마나 찬란하고 엄숙한 것이었는지를 기억하고 있는 사람은 이미 많지 않다. 전후의 일본에선 프랑스나 이탈리아의 항독 레지스탕스 이야기가 널리 소개돼 지식인층의 공감을 얻었다. 제국주의 국가이고 식민지 종주국이었던 일본에서 많은 사람들이 나치즘이나 파시즘에 대한 저항자 이야기에 자신을 동일시한 것은 재일조선인들 입장에서는 어떤 의미에선 기묘하고도 얄궂은 현상이었다고도 할 수 있지만, 그럼에도 천황제 군국주의의 부활을 용납하지 않겠다는 통절한 생각이 거기에는 담겨 있었던 만큼 호의적으로 평가하고 옹호해줘야 할 경향이었다고 생각한다. 하지만 지금은 '전후 체제로부터의 탈각'을 부르짖는 아베 정권에 의해 일본은 전쟁 국가로 전락하고 있다. 반지성주의가 의기양양 거들먹거리고 이성과 교양은 공공연하게 냉소의 대상이 됐다. 이 황폐한 풍경을 보고 있자면 대략 60여 년 전의 사상적·문화적 축적은 어찌 그토록 덧없이 사라져버렸는가 하는 공허감을 금할 수 없다.

젊었을 때 제1차 세계대전에 참전한 블로크는 제2차 세계대전이 발발했을 때 이미 쉰세 살의 대학교수였으나 다시 자진해서 소집에 응해 보병 대위로 전선에 부임했다. 1940년 5월, 독일군이 네덜란드와 벨기에를 돌아 프랑스를 침공하자 영국·프랑스 연합군은 완전히 무너져 퇴각할 수밖에 없었다. 덩케르크에서 영국으로의 철수작전은 전쟁사에서 유명한 비극의 하나였는데, 블로크는 직접 이를 체험했다.

영국에서 다시 해협을 건너 전선으로 복귀했으나 곧 파리가 함락당했고 그는 점령 지역에서 비시 정권 지배 지역으로 탈출했다. 소르본 대학에 복귀할 수 없게 된 그는 비시 정권 지역의 산촌에서 가족과 합류해 1942년 여름의 짧은 기간에 '프랑스의 패배에 관한 가장 명료한 분석'이라는 평을 얻은 기록을 남겼다. 그것이 전후 『이상한 패배』라는 이름을 단 책으로 간행된 것이다.

그런데 이 책이 정부의 외교정책이나 군의 전략·전술적인 오류를 비판한 것으로 오해해선 안 된다. 이 책의 신랄한 비판은 그런 차원에 그치지 않고 프랑스의 정신문화와 국민의 심성 그 자체에까지 나아간다. 그것은 용서 없는 자기해부라고 해도 좋을 정도다. 제한된 분량이지만 그 일부를 아래에 소개한다.

"군대 용어에서 지워버리고 싶은 말이 두 개 있다. '교련'과 '복종'이다. 군대왕(프로이센 왕)에겐 그것이 좋을지 모르겠으나 국민군에겐 의미가 없다." 이렇게 지적한 블로크는 국민군에게도 규율 훈련이 필요하다는 것은 인정하지만 그것은 자발적인 '직업적 양심의 한 형태'여야 한다고 주장한다. "어느 날 군의 전화교환소 여성이 너무도

프랑스 국기를 향해 모두들 손을 들고 있는 모습을 묘사한, 비시 정권 당시 만들어진 포스터. 마르크 블로크가 자신의 목숨을 걸고 지키려 했던 것은 프랑스라는 국가 자체라기보다는 인간해방의 이상이었을 것이다.

일을 잘하는 걸 보고 놀란 어느 장교가 내 앞에서 도무지 따라하기 힘든 어투로 말했다. '병사들과 하나도 다를 게 없잖아.' 하지만 거기에는 놀라움보다는 경멸의 뉘앙스가 강했다. 이런 특권계급적인 오만함으로 어찌 국토 방위를 위해 전 국민을 대상으로 소집한 부대를 지휘할 수 있겠는가. (……) 실제로는 '복종'은 외면적 형식에 의해 강제된 존경과 거의 언제나 혼동된다."

블로크는 시민의 자율적 판단과 자발적 참가를 전제로 하는 공화정 체제야말로, 또 바로 그 때문에 군사 분야에서도 군주정이나 파시즘 국가를 이길 수 있으며, 또 이겨야만 한다고 믿었다. 하지만 현실의 프랑스는 너무 맥없이 나치 독일에 패배했다. "프랑스의 패배에 지적 요인이 작용하고 있는 건 군사 분야만이 아니다. 우리는 승자가 되기에는 국민으로서 불완전한 지식과 명석하지 못한 사상에 만족하는 습관에 너무 깊이 빠져 있었던 게 아닐까."

그래도 블로크는 절망이나 허무주의에 빠지지 않고 1943년부터 1944년에 걸쳐 항독 레지스탕스에 가담했다가 1944년 3월 8일, 게슈타포에 붙잡혔다. 블로크는 '프랑스에 대한 사랑'을 외치며 자신의 신념에 따라 목숨을 바쳤다. 오늘날 '공화주의 애국주의patriotism'를 논할 때 그는 그 전형 또는 모범으로 흔히 예시된다. 하지만 그것은 천박한 견해가 아닐까.

분명히 그는 '프랑스에 대한 사랑'을 주장했으나 그 대상은 프랑스 대혁명의 문맥 위에 있는 보편적인 인간해방을 실현하기 위한 그릇으로서의 국가였다. 그 그릇은 이념으로서는 시민 개개인이 자율적인 판단에 따라 자발적으로 참가하는 공동체다. 그가 사랑한 것은 국가 자체라기보다는 인간해방의 이상이라고 해야 한다. 만일 프랑스라는 국가가 그런 이상을 배반하는 조직이 된다면 블로크는 그 프랑스와 싸웠을 것이다. 유대계 출신인 점, 독일과 프랑스의 경계 지역인 알사스 지방 출신인 점 등 그의 인간적 배경은 그 사상과 행동에 결정적인 영향을 주었다.

모든 사상과 행동은 컨텍스트(문맥)와 포지셔널리티(위치)를 빼고는 이해할 수 없다. '공화주의 애국주의'라고 개념 규정을 한 단계에서 사고정지를 하는 순간 어떤 사람이 특정한 입장을 선택해서 어떤 행위를 하기에 이르는 인간적 동기에 대한 이해가 배제된다. 그것을 배제한 채 개념만을 얘기하고 개념만이 홀로 걸어다닐 때 그것은 곧바로 형해화하고 권력화한다(마찬가지로 '내셔널리즘'이나 '페미니즘' 같은 용어에 대해서도 그렇게 얘기할 수 있을 것이다).

블로크라는 인간에 공감하는 것과 '애국주의'에 공감하는 것은 같은 게 아니다. 블로크의 '애국주의'와 조지 부시의 그것은 정반대의 것이다. 분류해서 딱지를 붙이는 데에 만족하는 한 그것은 허위의

'지성'이며, 지식의 단편화와 형해화에 가담해 반지성주의에 길을 열어주는 구실을 하게 될 것이다. 지금 전 세계에 퍼져가는 지적 황폐의 배경에는 이런 사정이 가로놓여 있다. 당연한 얘기지만, 지금 블로크를 상기하면서 다시 한번 분명히 얘기해야만 한다. 지성과 교양을 옹호하는 것, 그것이 인간을 옹호하는 유일한 길이라는 것을.

자본주의 시대의 인간,
그 고뇌의 원형

빈센트 반 고흐의 『반 고흐 서간 전집』

내가 빈센트 반 고흐Vincent van Gogh, 1853~1890가 삶을 마감한 땅, 파리 교외의 오베르쉬르와즈를 찾은 것은 1983년 11월 1일이었다. 어떤 경위, 어떤 심경으로 그곳을 찾아갔는지는 『나의 서양미술 순례』에 써놓았다.

그때 가장 만년의 작품 〈폭풍이 몰아칠 듯한 하늘과 밭〉과 〈까마귀가 나는 밀밭〉에 묘사된 사람 없는 풍경 앞에 우두커니 서 있었다.
고흐가 보낸 편지에서 이렇게 표현한 풍경이다.

"금방이라도 폭풍이 불어올 것 같은 하늘 아래 광막한 밀밭에서, 나는 작심하고 슬픔이나 극도의 고독을 표현하려고 했다."

그러고 나서 빈센트와 동생 테오가 나란히 잠들어 있는 묘지를 찾아갔다. 고흐의 묘비에는 '1853~1890'이 각인돼 있었다. 서른일곱 살에 스스로 목숨을 끊은 것이다. 테오의 묘비에는 '1857~1891'이라 새겨져 있었다. 형이 죽은 지 반년 뒤에 세상을 떠났다. 서른세 살이었던 셈이다. 그때 묘비 앞에 섰던 나와 같은 나이였다.

생전에 작품이 단 한 점밖에 팔리지 않았던 고흐는 자신이 동생과 그의 가족(테오는 신혼이었고, 갓 태어난 아기가 있었다)에게 짐이 되고 있다는 사실 때문에 마음앓이를 하고 있었다. 그는 돈으로 환산할 수 없는 예술의 가치에 혼을 바쳤으나 그런 그를 평생 겁박한 것은 '생활'이라는 문제였다. 당시의 나 역시 아무런 희망도 없었고, 구체적인 인생 계획도 없는 젊은 무직자였다. 한마디로 '생활 낙오자'였다. 게다가 내게는 고흐처럼 목숨을 걸고 혼을 바칠 만한 대상도 없었다.

애초 그 여행길에 나서기 전까지 고흐의 묘소에 참배할 생각은 없었다. 고흐에 대해서는 나름 이미 다 알고 있다고 생각했다. 그런데 왜 거기로 발걸음을 옮겼을까?

내가 언제 고흐의 실제 작품을 봤던가, 생각이 나지 않았다. 고흐의 편지를 단편적이나마 처음 읽었던 게 언제였더라. 그 기억도 모호했다. 그래도 고흐라는 인물은 사춘기 이후 나에게 특별한 존재였다. 당시, 즉 1960년대에 일본 사회에서 사춘기를 보낸 사람에게 고흐는 그런 존재였다고도 할 수 있다.

일본에서 고흐는 일찍부터 주목을 받으면서 소개됐다. 1910년(일제가 조선을 '병합'한 해다!)에 창간된 잡지 《시라카바白樺(자작나무)》가 고흐를 비롯해 마네, 세잔, 고갱, 로댕, 마티스 등 당시의 최첨단 서양미술을 정력적으로 소개했고, 그 뒤에도 고흐에 관한 평론이나 편지 번역 등에 자주 지면을 할애했다. 1920년대부터 1930년대에 걸쳐 파리에 유학하던 일본인 화가가 급증했고, 그들은 고흐 작품을 보러 오베르 마을을 찾아갔다. 고흐는 서양미술에 관심 있는 일본인에겐 '성인', 그가 삶을 마감한 땅은 '성지'가 됐다.

전후戰後 평론가 고바야시 히데오小林秀雄가 1948년에 『고흐의 편지』

라는 책을 썼다. 극단 민예의 다키자와 오사무瀧澤修가 1951년에 〈화염 같은 사람 반 고흐의 생애〉(미요시 주로 각본)를 초연한 뒤 평생 그 공연을 이어갔다. 1955년에는 미국 영화 〈열정의 랩소디Lust for life〉(빈센트 미넬리 감독, 커크 더글러스 출연)가 개봉됐다. 1958년에 처음으로 도쿄 국립박물관과 교토 시립미술관에서 본격적인 고흐 전람회가 열렸는데, 나는 그때 겨우 일곱 살이어서 그걸 보지 못했다.

어쨌든 근대 이후 일본 사회에 공기처럼 충만했던 '고흐 신화'의 세례를 어린 재일조선인이었던 나도 받았다고 할 수 있다. 내 발걸음이 오베르 마을로 향한 것도 그런 '성지' 순례를 무의식적으로 답습한 것이었는지 모르겠다. 나 자신에 관한 한 그 순례를 통해 얻은 것은 내 인생에 결정적인 의미를 지니게 된다.

일본 사회가 버블(거품) 경기로 들떠 있던 1988년, 어느 생명보험회사가 〈해바라기〉를 3630만 달러에 낙찰받았고, 1990년에는 대기업 소유주가 〈의사 가셰의 초상〉을 8250만 달러에 낙찰받아 화제가 됐다. 한 사람의 '혁명적 예술가'를 '성인'으로 떠받드는 사람들이 그 가치를 터무니없이 큰 돈으로 환산해서 숭배하게 된 순간이었다. 그때로부터 다시 25년쯤 지난 지금 일본 사회에서 고흐에 대한 관심은 크게 줄어든 듯하다.

하지만 내 생각에는, 그가 남긴 작품과 편지는 사람들이 들으려

하든 말든 변함없는 열기를 계속 발산하면서 우리의 사대주의나 속물근성을 가차 없이 고발하고 있다. '고전'이란 그런 작품을 두고 하는 말이 아닐까?

1983년의 '서양미술 순례'에서 돌아와 본격적으로 고흐의 편지를 읽기 시작했다. 읽으면 읽을수록 그때까지 고흐에 대한 내 이해가 얼마나 천박한 것이었는지를 깨닫게 됐다.

근엄한 목사 가정의 장남으로 태어난 빈센트는 열여섯 살 때부터 큰아버지의 소개로 화상畫商 구필 상회에 취직했다. 네 살 연하의 테오도 같은 구필 상회에서 일하게 된다. 스무 살의 빈센트는 런던에서 하숙집 주인의 딸에게 실연을 당하자 절망한 나머지 일자리를 팽개치고 네덜란드의 부모 밑으로 돌아간 적이 있다. 스물두 살 때 구필 상회의 파리 지점에서 일하게 됐지만 점원 일에 적응하지 못해 또다시 때려치우고 해고됐다.

그 뒤 기숙학교 교사가 됐으나 빈곤한 학생들의 가정에서 월사금을 받아내지 못해 해고됐다. 기독교 보조설교사가 돼 신학을 공부한 뒤 목사가 되려고 했으나 형식적이고 권위주의적인 수업에 반발해 신학을 배우기 위한 국가시험 응시를 포기했다. 스물다섯 살 때 정식 전도사 자격도 없는 상태로 벨기에 탄광촌에 가서 가난한 사람들과 환자들을 위해 헌신했다. 하지만 그 지나칠 정도의 열성 때문에 오히려 교회 상층부가 그를 꺼리면서 활동을 금지당했다. 빈센트가 화가가 되기로 마음먹은 것은 이처럼 거듭 좌절을 겪은 뒤 스물일곱 살이 되고 나서였다. 화가로서는 뒤늦은 출발이라고 할 수 있다.

스물여덟 살 때 연상의 사촌으로 네 살짜리 아들이 있던 미망인 케 보스Kee Voss를 연모해 구혼했으나 거절당했다. 빈센트는 포기하지 않고 케의 부모(자신의 큰아버지)를 만나러 갔다. 그때 큰아버지한테서 "너의 집념에는 구역질이 난다"는 심한 말과 함께 거절당한 그는 타오르는 램프 불꽃에 자신의 손을 갖다 대고는 "이 손을 불에 대고 있는 동안 그녀를 데려와 만나게 해달라"고 요구했다. 그야말로 '스토커'다.

그다음 해에 그는 두 살 연상의 창녀 시엔과 알게 돼 동거를 시작했다. 이에 대해 눈살을 찌푸리던 가족과 지인, 유일하게 자기 편이었을 테오에 대해서도 그는 이렇게 말한다.

"좋아, 주인 나리들. 당신들 바른 예절과 교양을 소중히 여기고, 또 그게 사실 거짓 없는 종류의 것이라면 소중히 여기는 게 당연하지만, 어쨌든 그런 당신들에게 얘기하겠는데, 어느 쪽이 더 섬세하고 세련되고 남자다울까. 여자를 버리는 것과 일가친척 없는 여자와 함께 사는 것 중에서?

이 겨울에 나는 홀로된 임신한 여자를 만났어. 남자한테서 버림

받았는데 그 남자의 아이를 배고 있었지. 아이 밴 여자가 겨울 거리에 나앉을 수밖에 없었다, 빵을 구걸해야 했다, 이게 어떤 상태인지 알 수 있을 거야. (……) 나로서는 요만큼이라도 가치가 있는 남자라면 누구라도 이런 경우에는 똑같이 행동했을 거라고 봐. (……) 좋은 모델을 얻어 내 소묘 실력이 좋아졌어. 여자는 길든 비둘기처럼 나를 따르고 있어. 나도 한 번은 결혼할 수 있는 몸이야. 그렇다면 이 여자와 결혼하는 것만큼 좋은 결혼이 있을까? 그건 그녀를 구원하는 유일한 길이야. 안 그러면 그녀는 궁핍해진 나머지 예전 생활로 돌아갈 수밖에 없어."

이처럼 고흐는 시엔과의 동거를 묵인해주기를 바라는 정도가 아니라 그게 "옳다"며 인정해달라고 요구한다. 시엔한테서 성병이 옮아 입원까지 해야 할 처지였는데도 자신만이 이 가련한 여자를 구원할 수 있다고 큰소리친다. 게다가 이렇게 쓴 그 편지에서 자신과 시엔을 위해 생활비를 보내달라고 요구하고 있다. 이 얼마나 염치 없고 자기중심적인 말투인가.

하지만 이건 "옳은" 행위다. 그렇지 않은가? 이것을 성가시다거나 독선적이라고 비판할 수는 있을 것이다. 하지만 이것이 "옳다"는 그의 주장을 도대체 누가 논파할 수 있을까.

"나도 뭔가 좋은 일을 하고 싶다", "다른 사람에게 도움이 되는 인간이고 싶다"고 염원하지만 거듭 좌절당하면서 자신이 무가치한 인간이라는 생각을 굳혀가던 빈센트는 마침내 거기서 자신을 필요로 하는 존재를 발견했던 것이다. 물론 "길든 비둘기"라는 비유가 말해주듯이 그것은 진정으로 대등한 남녀간의 사랑이라고 할 순 없다. 그는 자신보다 무력한 존재를 자신을 버팅기는 수단으로 이용했다고도 할 수 있을 것이다.

그렇지만 "사람을 감동시키는 그림을 그리고 싶다"고 한 그는 시엔을 모델로 삼은 소묘 〈슬픔〉을 통해 그런 소망을 실현했다고 할 수 있지 않을까. 1882년, 헤이그에서 그린 그 소묘, 처진 유방, 바라지 않은 임신으로 부풀어 오른 배, 피로에 지친 나머지 웅크리고 있는 나체는 분명히 그때까지 서양화 역사에서 누구도 그린 적이 없는 인간의 슬픔 그 자체이며, 보는 사람을 감동시킬 수밖에 없다.

빈센트는 결국 그 시엔과도 이별하게 된다. 이때 그는 동생에게 편지를 보내, 곧 파리에서 열리는 들라크루아 전람회에서 〈바리케이드〉라는 작품을 보라고 재촉한다. 그 그림은 나중에 〈민중을 이끄는 자유의 여신〉으로 알려지게 되는 들라크루아의 대표작이며, 빅토르 위고의 소설 『레미제라블』의 배경이 된 1830년의 파리 7월혁명을 제재로 삼은 것이다. 하지만 빈센트는 그 무렵 그것을 1848년 2월혁명을 그린 것으로 착각하고 있다. 그거야 어찌됐든.

1882년, 헤이그에서 그린 고흐의 소묘, 〈슬픔〉. 처진 유방, 바라지 않은 임신으로 부풀어 오른 배, 피로에 지친 나머지 웅크리고 있는 나체는 분명히 그때까지 서양화 역사에서 누구도 그린 적이 없는 인간의 슬픔 그 자체이며, 보는 사람을 감동시킬 수밖에 없다.

“당시 서로 대립하던 사람들 속에서 전형적인 인물이라고 할 수 있는 건 누구인가. 루이 필립의 대신[大臣] 기조가 한쪽에 있고, 다른 쪽에는 연구자인 미슐레와 키네가 있다.

기조와 루이 필립부터 시작해보자. 그들은 악당이었나, 폭군적이었나. 아니, 그렇지 않다. 내가 보는 바로는 그들은 아버지나 할아버지 또는 구필 노인 같은 사람들이었다고 생각한다. 요컨대 겉보기에는 실로 존경할 만하고 생각이 깊고 성실한 사람들이다. 하지만 좀더 엄밀하고 날카롭게 관찰해봐. 그들에게는 사람의 정신을 이상하게 만들 정도로 음울한, 침침한, 생기 없는 면이 다분히 있어. 이런 얘기가 지나친 걸까? (……)

내 생각에는 만일 너와 내가 당시에 살았다면 너는 기조 쪽에, 나는 미슐레 쪽에 가담했을 거야. 그리고 두 사람 모두 일관된 태도를 굽히지 않고 서로 적군과 아군이 돼 슬픈 마음으로, 예컨대 저런 바리케이드를 경계로 서로 대치했을 거야. 너는 정부군 병사로 바리케이드 저쪽 편에, 나는 혁명의 무리 또는 반도[叛徒]로 이쪽 편에. (……) 너는 바리케이드를 향해 발포한다. 그래서 공을 세우고 있다고 굳게 믿는다. 하지만 공교롭게도 거기에 내가 있는 거야.”

읽는 이의 마음을 흔들어놓는 편지다. 그리고 뒤이어 빈센트는 돈 얘기를 쓴다. 누군가로부터 뜻밖에 소묘나 유화를 그려달라는 주문을 받았다. 그런데 어떤 지인이 간접적으로 자신에게 돈을 주려는 행위가 아닌지 의심하고는 '대금'을 받는 건 단호히 거절하고 소묘만을 그냥 보내주었다는 얘기다. "정말 돈이 궁할 때 돈을 거절한다는 게 쉬운 일은 아니야"라는 말을 덧붙여서. 이 편지를 받은 테오는 "너는 기조 편"이라는 형의 비난을 감수하면서 죽을 때까지 형이 생활을 계속 지탱해갈 수 있게 해주었다.

고흐 미술관에 따르면, 현존하는 고흐의 편지는 테오에게 보낸 것이 651통, 테오와 그의 처 요에게 보낸 것이 7통, 기타 누이나 동료 화가 등에게 보낸 것까지 포함해 모두 819통이나 된다고 한다. 한편 고흐에게 보낸 편지 중에서 현존하는 것은 83통, 그중에서 테오 또는 테오와 요 연명連名으로 돼 있는 것이 41통이다.

여기에서는 극히 일부만을 소개했지만, 고흐의 편지는 근대 고백문학의 걸작이라고 할 수 있다. 그 후반생은 아를에서 고갱과 공동생활을 하다 파탄난 일(귀를 자른 사건), 생레미 정신병원에서의 투병, 테오의 결혼을 축복하면서도 그 결혼으로 동생의 사랑과 지원을 잃어버릴지 모른다는 데 대한 불안, 오베르 마을에서의 최후 등으로 이어져 간다. 그 시기의 편지에서도 소개할 것들이 많지만 하나만 더 보기로 하자.

"모든 예술가, 시인, 화가가 물질적으로 불행한 것은, 비단 행복한 사람이 있다 할지라도 분명 기묘한 현상이다. (……) 그것은 영원의 문제에 관한 것이다. 즉 우리에겐 삶 전체가 눈에 보일까. 그렇지 않으면 살아생전엔 그 반쪽밖에 알 수 없는 것일까.

다른 사람들은 제쳐놓고 생각해보자. 화가는 죽으면 매장되지만 그 작품을 통해 다음 세대에게, 그리고 그다음 몇 세대에 걸쳐 말을 건다. (……) 화가의 생애에서 죽음은 아마도 최대의 난관은 아닐 것이다. (……) 지도 위에서 도시나 마을을 나타내는 검은 점이 나를 몽상에 빠지게 하는 것처럼, 그냥 별을 바라보고 있노라면 나는 까닭 없이 몽상에 빠진다. 왜 창공에 빛나는 저 점이 프랑스 지도의 검은 점보다 다가가기 어려운 것일까, 나는 그런 생각을 한다.

기차를 타고 타라스콩이나 루앙에 갈 수 있다면, 죽음을 타고 어딘가의 별에 갈 수 있을 것이다. 이 추론 속에서 절대로 틀림없는 것은 죽어버리면 기차를 탈 수 없는 것과 마찬가지로 살아 있는 한 별에 갈 수 없다는 사실이다."

1888년 아를, 〈론 강의 별과 달이 빛나는 밤〉을 그렸을 때의 편지, 발병해서 생레미 정신병원에 입원하기 전의 편지다. 고흐는 죽음을 타고 별에 갔을까.

테오에 대해서도 덧붙여둬야 할 얘기가 있다. 앙토냉 아르토Antonin Artaud는 1947년에 『반 고흐: 사회가 자살하게 만든 자』를 발표해, 테오도 고흐를 죽음으로 몰아넣은 사회의 일원이며 그 죄를 나눠지고 있다고 고발했다. 하지만 테오는 바리케이드 저쪽에서 오직 자기 보신에만 급급했던 속물은 아니었다. 1872년 8월의 첫 편지부터 1890년 7월의 마지막 편지까지 651통의 편지와 사후에 발견된 유서의 초안까지, 그것들은 모두 테오에게 반드시 유쾌한 것만은 아니었음에도 테오가 온전히 보관하고 있었기에 이 무서울 정도로 적나라한 인간 정신의 기록이 우리에게 남아 있는 것이다.

테오가 빈센트에게 보낸 편지에 다음과 같은 구절이 있다. 1889년, 빈센트가 생레미 병원에 막 입원했을 무렵이다.

"2, 3일 전에 형이 보내준 귀중한 화물이 도착했어. 멋진 작품이 들어 있었지. (……) 아무래도 학교에서 배우는 그런 아름다움은 없지만 뭔가 눈이 번쩍 뜨이게 할 듯한 진실에 육박하는 것이 있어. 현란한 색칠을 한 그림을 사는 소박한 사람들보다 우리가 옳은 것인지 어떤지, 실은 그런 건 알 수 없어. 오히려 그들이 그런 그림에서 찾아내는 매력은 미술관에서 그림을 보는 같잖은 녀석들의 마음을 설레게 하는 감동과 조금도 다름없는 게 아닐까. 그런데 형의 작품에는 착색 석판화에서는 볼 수 없는 강인함이 있어. 시간이 지나면 색이 덧칠돼 있어서 매우 아름다운 그림이 될 것이고, 언젠가는 반드시 정당한 평가를 받게 될 거야."

이 글을 보더라도 테오는 동생이라는 입장 때문에 형에 대해 소극적인 지원을 했다기보다는, 형의 작품의 가치를 확고히 믿고 당시 가장 전위적인 미술운동에 형의 '동지'로서 관여하고 있었던 것이라고 할 수 있다. 빈센트의 유서에 씌어져 있는 "너는 나를 중개자로 삼아 어떤 폭락에도 꿈쩍하지 않는 어떤 그림 제작 자체에 스스로 참여한 것이다"라는 얘기는 테오 자신의 것이기도 했다.

빈센트의 사후에 테오는 어머니에게 이런 편지를 썼다. "아, 어머니, 그는 바로 나만의, 오직 한 사람의 형님이었습니다!" "이 슬픔은 이제부터 언제까지고 나를 덮쳐 누른 채 내가 살아 있는 한 내 마음에서 지워버릴 수 없겠지요. 굳이 뭔가 할 수 있는 말이 있다면, 그건 그가 훨씬 전부터 소망했던 휴식을 그 자신이 찾아냈다는 것입니다."

테오는 형의 유작전을 열기 위해 동분서주했으나 결국 그 자신도 정신에 이상이 왔고, 위트레히트 정신병원에서 세상을 떠났다. 테오도 또한 별로 여행을 떠난 것이다.

빈센트와 테오의 관계를 뭐라고 해야 할까? 그것을 '형제애' 따위의 평범한 표현으로는 드러낼 수 없다는 것만은 확실하다. 한쪽이 없었다면 다른 쪽도 존재하지 않았다. 두 사람은, 두 사람으로 한 사람의 천재가 됐던 것이다.

그러고 보니 내가 오베르 마을을 찾아간 지 30년이 넘는 세월이 지났다. 어느새 테오의 두 배나 되는 시간을 산 셈이다. 당시 옥중에 갇혀 있던 두 형들은 살아서 출옥했다. 나는 책을 쓰게 됐고 일본과 한국에서 적지 않은 독자를 얻었다. 예상도 하지 못했으나 대학에 직장을 얻어 생활은 안정됐다. 그때부터 지금까지 30년간 몇 가지 우연과 행운이 겹친 결과, 나 개인은 그런대로 평온한 날들을 보내왔다고 할 수 있다.

하지만 그래서 좋았던 걸까. 이런 얘기를 해도 이해해줄 사람이 없을지 모르겠지만, 나도 그 나이 때 죽었다 해도 이상할 게 없었다. 인간에게 오래 산다는 게 지고의 가치일까. 평온하게 생명을 연장하면 그걸로 좋은 것이라고 할 수 있을까. 그런 생각이 때때로 저 밀밭 풍경과 함께 억누르기 어려울 정도로 솟구쳐온다.

"가능한 한 좋은 그림을 그리려고 마음을 다잡고 꾸준히 노력해온 결과 전 생애의 무게를 걸고 다시 한번 얘기해두자면, 너는 단순한 코로의 화상과는 다른 어떤 사람이다. (……) 너는 내가 아는 한 그런 화상이 아니다. 너는 현실에서 인간에 대한 사랑을 지니고 행동하면서 방침을 정할 수 있다고 나는 생각하는데, 너는 그런데 어떻게 하겠다는 것이냐?"

자신의 가슴을 권총으로 쏜 고흐가 입고 있던 옷에서, 그의 사후에 발견된 테오에게 보낼 유서 초안에 나오는 얘기다. 코로는 당시에 가장 비싸게 팔린 풍경화가다. 따라서 "코로의 화상과는 다른 어떤 사람"이라는 것은 동생에게 금전 이상의 가치, 예술적 가치에 목숨을 바치라고 "전 생애의 무게를 걸고" 요구하고 있는 것이다. 동생은 화상이었고, 그 동생의 지원으로 그림을 그리고 생활을 유지해왔는데도, 그걸 충분히 잘 알고 있으면서 굳이 그렇게 말했던 것이다. 따라서 여기에는 "전 생애의 무게"가 걸려 있다.

이 말에 대해 미술평론가인 사카자키 오쓰로坂崎乙郎는 "(이상을 품지 않고, 자기실현을 포기하고, 평균적인 삶과 평범한 죽음을 바라는) 우리야말로 고흐의 가차 없는 고발 대상이 아닐까"라고 썼다(「고흐의 유서」).

"가차 없는 고발". 그렇다. 나 자신도 그때 이후 끊임없이 "너는 기조의 편이다"라는 고발의 소리를 귀 깊숙이 들으면서 살아온 듯한 생각이 든다. 그리고 30년 이상이 지난 지금도 내가 이 고발로부터 도망칠 수 있다고 생각하지 않는다.

빈센트가 테오에게 보낸 편지는 1914년, 테오의 아내 요가 서간집으로 간행했다. 이후 그것은 서서히 확충되었고, 세계 각국에서 간행됐다. 1953년, 고흐 탄생 100주년을 기념해서 암스테르담에서 네 권짜리 서간 전집이 출판됐고, 1958년에 그 영어판(3권)이 미국에서 출판됐다.

내가 이 글을 쓰면서 참조한, 미스즈쇼보[みすず書房]에서 펴낸 일본어판 전집은 이 영어판을 저본으로 한 것이다. 초판은 1963년에 3권으로 출간됐으나 1970년에 총 6권으로 재편집돼 재간됐다. 내가 30년 넘게 늘 곁에 두고 보는 책으로 삼아온 것은 이 6권짜리 전집이다.

2001년에는 최근에 공개된 원문의 면밀한 독해를 토대로 예전에 일부 있었던 삭제나 생략, 복자[覆字, 伏字] 등을 복원한 새 번역 선집 『반 고흐의 편지』가 마찬가지로 미스즈쇼보에서 출간됐다. 고흐의 서간 교열과 번역 작업은 1911년에 프랑스에서 『에밀 베르나르에게 보내는 서간집』이 나온 이래 1세기 이상 지난 지금도 세계 각국에서 계속되고 있다.

만사를 금전적 가치나 사회적 지위라는 척도로 재단하고 서열을 매겨야만 하는 자본주의 시대에 그런 척도에 맞지 않는 인간, 그런 척도와는 다른 가치를 신봉하는 인간은 고립당하고 고뇌할 수밖에 없다. 고흐의 서간이 오래 계속해서 읽히고 있는 이유 가운데 하나는, 내가 믿는 바로는, 자본주의 시대 인간의 '고뇌의 원형'이 특이할 정도로 면밀하게 기록돼 있기 때문이다. 그 '고뇌의 원형'은 글자 그대로 혼신을 다해 고투를 벌여야만 만들어질 수 있는 것이다. 인간의 고뇌가 계속되는 한 고흐 서간집의 고전적 가치는 죽지 않을 것이다. 미래의 어느 때 자본주의가 과거의 것이 된 시대가 온다면, 고흐의 편지는 과거 인간들의 고뇌와 고투를 상상할 수 있게 해주는 귀중한 자료가 될 것이다.

우리 시대의 고전과 교양을 찾아서

서경식 도쿄게이자이 대학 현대법학부 교수 | 권영민 철학연구회 '철학본색' 운영자

이나라 이미지문화 연구가 | 이종찬 문화사회연구소 연구원

고전과 교양의 필요성에 대해 쉽사리 이의를 제기할 수 있는 사람이 몇이나 될까. 그런데 그 고전과 교양이란, 그것을 필요로 하는 시대와 집단, 그리고 개인의 상황과 맥락을 들여다보지 않고서는 제대로 규정할 수도, 그 방향성을 살필 수도 없다. 『내 서재 속 고전』을 통해 서경식이 보여준 고전 목록과 그 독해는 자신의 정체성과 사유의 이력을 드러낸다는 점에서 분명 문제적이다. 이러한 시도를 화두 삼아 동시대의 젊은 신진 연구자들과 함께 우리 시대의 고전과 교양에 대한 속 깊은 이야기를 나눠보았다.

디아스포라의 정체성을 바탕으로 고전을 읽는다는 것

서경식 이번 책을 준비하면서 고전에 대한 제 생각이 지금의 독자들에게 어떻게 전달될지에 대한 고민이 있었습니다. 우선 일본에서 학생들을 가르치면서, 세대 차이를 꽤 현실감 있게 받아들이게 되었어요. 인터넷 및 스마트폰의 보급 이후 학생들이 긴 문장을 읽거나 쓰는 걸 힘들어합니다. 매체 환경의 변화로 정보가 빠르게 확산되는 등의 장점도 있겠지만, 지식의 파편화·단편화 현상이 대두되는 건 아닌가 하는 우려도 있고요. 저 같은 구세대가 '고전과 교양'을 논할 때 젊은 세대들이 어떻게 받아들일지 점검해볼 필요가 있겠다 싶었어요.

또 하나는 저와 다른 타자들, 저보다 더 자유롭고 해방된 사고와 생각을 가진 분들, 예를 들면 젠더 문제를 깊이 고민하는 분들의 경우, 제 생각을 어떻게 받아들일지 걱정이 되고 궁금하기도 했습니다. 저와 동일한 정체성을 가진 이들뿐만 아니라 타자를 만날 수 있는, 자기만족적인 게 아니라 문제제기를 하는 책을 펴내고 싶었어요.

이종찬 대담을 제안받고서 동시대 현장의 목소리에 대한 선생님의

관심이 느껴져서 반가웠습니다. 개인적으로는 '젊은' 연구자라는 수식어가 기뻤고요. (모두 웃음)

여기 오기 전에 미국 컬럼비아 대학에서 내건 고전 목록을 살펴봤는데요. 호메로스, 헤로도토스, 아이스킬로스, 에우리피데스, 플라톤, 아리스토텔레스, 성서, 베르길리우스, 단테, 아우구스티누스, 셰익스피어, 세르반테스, 도스토옙스키가 거론되더군요. 서구 휴머니즘 전통의 정전들인데, 이 책에 실린 서경식 선생님의 고전 목록과는 사뭇 다르지요. 그렇다면 선생님을 반反고전주의자로 봐야 할까요? 그건 아닐 겁니다. 오히려 선생님의 작업은 고전을 해체하고 재구축하려는 시도로 읽히지요. 전통에 대한 반대가 아니라 그에 대한 다른 전통, 다른 인문학을 보여주려 한달까요. 에드워드 사이드는 "인문주의의 이름으로 인문주의에 비판적일 수 있다"라는 말을 했는데요. '디아스포라의 정체성'을 가진 선생님이 고전에 대해 취하고 있는 태도란 이런 게 아닐까 싶었습니다.

권영민 저는 선생님의 고전 목록이, 동서양을 망라한 휴머니즘 전통의 자장 안에 있는 고전의 외양을 디아스포라의 입장에서 확장해가고 있다고 생각했습니다. 반고전주의가 아니라 교양의 확대로 봐야겠지요. 그런 점에서 대단히 도전적인 시도로 읽혔고요. 어떻게 하면 제 고전 목록을 만들어갈 수 있을까 하는 고민을 남기는 목록이었습니다.

이나라 일반적인 고전이 보편적 인간의 문제를 고민하는 텍스트라면, 선생님의 고전은 본인이 처해 있는 문제에 대한 답을 주는 텍스트라는 생각이 들었어요. 저에게는 선생님의 목록보다는 선생님의 글쓰기 방식이 흥미로웠습니다.

어떤 책에 대해 이야기할 때 일단 내용, 즉 글쓴이가 뜻하고자 하는 바를 이해하려고 애쓰면서 요약한 후 개인의 코멘트, 그러니까 느낀 바와 비판적 해석을 덧붙이는 방식이 있을 텐데요. 선생님은 내용 요약의 욕망을 강하게 피력하지 않으십니다. 어떤 책이 '어느 순간' 내게 왔고, 다시 나는 '어떤 순간' 그 글을 상기했다는 식의 서술에 비중을 두시는데요. 일상에서 벗어난 여행의 찰나들이 글에 자주 등장하기도 하고요. 이런 부분은 디아스포라적이랄까, 다소 위험하게 표현하자면 '아시아적'이라는 생각도 들었습니다. 제가 공부했던 프랑스, 좀더 넓게 보면 유럽에서는 다소 보기 드문 글쓰기 방식이라고 느꼈습니다.

서경석 일단 긍정적인 말로 해석해도 되나요? (모두 웃음)

이나라 가치를 떠나서 글쓰기 방식을 언급한 겁니다. (웃음) 사태에 대한 개인의 감정을 표현하는, 즉 '서정적 자아'가 잘 드러나는 글쓰기인 셈이지요.

이종찬 저는 이걸 '신원주의적身元主義的 자아'라고 표현하고 싶습니다. 이야기의 출발점을 자신의 정체성에서 찾는 것이지요. 글에 '나'라는 단어를 쓸 것인가의 문제와도 결부될 테고요. 이런 틀로 세상이나 텍스트를 바라보는 것은 디아스포라의 정체성을 가진 입장에선 거부할 수 없는 조건일 텐데요. 이나라 선생님의 '서정적 자아'라는 표현이 저어되는 건, 이 표현이 다소 갇혀 있는 듯 보이기 때문입니다. 디아스포라라는 특수한 정체성으로 역설적이게도 보편적 차원의 문제 설정이 가능하지 않을까요? 서구와는 다른 전통, 다른 고전의 발생 가능성을 염두에 두고자 한다면 말이지요.

우리를 억압하면서도 아우라를 내뿜는 고전의 세계

서경식 본격적인 논의에 앞서 여쭤보고 싶은 게 있습니다. 세 분은 모두 본격적인 아카데미의 훈련을 받은 분들이에요. 하지만 저는 그렇지 않습니다. 그래서일까요? 여러분이 지적 훈련을 받는 과정에서 배우고 익혀야만 한다고 요구되었던 고전들이 있는지 궁금합니다.

권영민 저는 대학원에서 현상학을 공부했는데요. 현상학의 첫 삽을 떴다고 할 수 있는 책인 에드문트 후설^Edmund Husserl^의 『논리 연구^Logische untersuchungen^』가 제게는 그런 고전이었습니다. 현
상학 연구를 시작하는 이라면 반드시 읽어야 하는 책 중 하나였는데요. 제게는 굉장히 어려운 책이라 제대로 읽어냈다고 말하기 어렵습니다.

앞서 두 분이 서경식 선생님의 글에서 '서정적 자아' 그리고 '신원주의적 자아'를 엿보셨는데, 저는 서 선생님의 글쓰기가 현상학적인 방식과 유사하다고 느껴질 때가 있습니다. 현상학에서는 '형상적 환원^eidetische Reduktion^'이나 '본질적 직관^Wesenanschauung^'이란 개념으로 설명하는데요. 후설, 하이데거, 레비나스 같은 현상학자들은 모두 철저히 자기 사태에 의존해서, 사태를 구조적으로 해명하고 거기서부터 보편성을 길러냅니다. 근데 저는 제게 주어진 사태를 이해하고 해명하기 위해 공부를 시작했는데, 실제로 공부를 하면서는 후설의 사태를 이해해야 하는 상황이 되어버렸지요. 이게

다소 답답할 때가 있었습니다.

이종찬 저는 어쩌다 보니 전공으로 영문학을 선택하게 됐는데, 대학원에 들어가면서 고민과 혼란의 지점이 생겼습니다. 동아시아의 아주 조그만 나라, 그것도 남북이 갈려 있는 대한민국에서 영문학을 공부하는 것에 대한 위치성을 염두에 두게 되더군요. 셰익스피어를 비롯해서 이름만 들어도 누구나 알 만한 많은 영미권 고전들을 읽어나갔지만, '도대체 나는 왜 여기에서 영문학을 공부하고 있는 거지?'라는 생각이 들었어요.

그러다가 대학원 수업에서 샬럿 브론테의 『제인 에어』를 읽을 기회가 있었습니다. 이 작품에 영감을 받아 씌어진 진 리스 Jean Rhys 의 『광막한 사르가소 바다 *Wide sargasso sea*』도 함께 읽었는데요. 일종의 대위법적 독서를 한 셈이지요. 진 리스의 소설은 원본에서 무시되었던 다락방의 '미친' 여자의 시점에서 『제인 에어』가 말하지 않았던, 혹은 말하려 하지 않았던 지점들을 말하는, 일종의 저항적 다시 쓰기의 형태를 취하고 있었어요. 이 소설이 제게는 이 땅에서 영문학을 공부한다는 것에 대한 문제를 정면으로 응시하는 결정적인 계기가 된 것 같습니다.

서경식 셰익스피어에 대한 관심은 없었나요?

이종찬 제가 선택했다기보다는 일방적으로 주어져 있는 텍스트였던 것 같습니다.

서경식 저는 어렸을 때부터 셰익스피어의 작품들을 읽었는데요. 그중『베니스의 상인』은 읽을 때마다 어떤 발견을 하게 돼요. 나치들은 적국에서 셰익스피어의 작품을 상연하는 걸 금지했습니다. 하지만 이 작품의 공연만큼은 허가해줬어요. 반유대적인 메시지가 있었기 때문이지요.

그런데 이 작품에는 유대계 상인인 샤일록의 내면세계가 생생하게 묘사되어 있습니다. 자신의 딸마저도 자기를 배신하고 기독교 세계로 떠나가는 것을 보는 샤일록의 고뇌와 비탄이 잘 그려져 있지요. 기독교인이었을 셰익스피어가 이렇게 샤일록을 묘사해낸 건 참으로 놀랍습니다. 여러 타자들이 대립하는 입장이 정말 생생하게 그려져 있어요.

유럽에서 반유대적인 메시지를 문제 삼아『베니스의 상인』의 상연을 문제시한 시절도 있습니다. 하지만 지금은 공연이 되고 있지요. 대본은 그대로지만 샤일록의 내면세계에 초점을 맞춰 연출하는 경우가 많습니다. 이처럼 다층적인 텍스트를 보면, 흔해 빠진 얘기 같지만 어떤 신비로움 같은

『베니스의 상인』에 등장하는 샤일록은 악덕 고리대금업자로 알려져 있지만, 이 작품에는 그의 악행뿐만 아니라 유대인으로서의 고뇌와 비탄 역시 생생하게 담겨 있다. 위의 그림은 영국의 화가 존 길버트 경이 『베니스의 상인』에 그려 넣은 삽화로, 재판 후 아이들에게조차 비웃음거리가 된 샤일록이 묘사되어 있다.

게 느껴져요.

이나라 고전이 가진 아우라겠지요. 고전이란 어떤 시대에든 작품이 지닌 여러 겹이 만드는 두꺼운 두께 중 하나의 겹을 끄집어낼 수 있는 책이 아닌가 싶어요. 만약 고전이 우리 시대에 어떤 울림도 주지 못하고 있다면, 그 많은 겹 중에서 우리가 아무것도 끄집어내지 못한 걸 수 있고요. 즉 고전을 읽는 방식에 의문을 제기해봐야겠지요.

서경식 맞아요. 우리가 되풀이하고 있는 문제에 대해 고전이 직접적인 답을 줄 순 없겠지만 그 안에는 우리를 이끌어주는 힘이 있습니다. 그런 측면에서 본다면 셰익스피어의 작품 자체가 문제가 아니라, 언제 셰익스피어를 만났고 어떻게 읽었고 누구와 이에 대한 대화를 나눴느냐에 따라 셰익스피어를 달리 읽을 수 있을 겁니다. 그런데 고전이란 말은 정해진 하나의 독해만을 허용하고 다른 각도의 독해는 허용하지 않는 것처럼 보이기도 하잖아요. 분명 그런 억압이 있지요.

다시 본래의 이야기로 돌아가서 이나라 선생님의 고전 이야기를 들어볼까요.

이나라 저는 사회학에서 출발해서 미학과 영화를 공부했어요. 전공도, 거처도 자주 바꾸면서 살았는데, 삶이 끊임없는 변화와 위험에 노출되어 있었던 탓인지 그 반작용으로 항구적으로 보편적인 것들에 대한 열망이 컸습니다. 제 개인의 삶으로 보면 너무 많은 변화와 선입견 들이 제 위치를 강제했기 때문에 오히려 저는 그로부터 자유롭고 싶었어요. 일례로 소수자인 여성으로서의 말하기를 지나치게 강조하는 게 폭력적으로 느껴질 때도 있었지요.

대학에 들어갈 때부터 내 위치가 아닌 곳에서 세상을 보고 싶다는 욕망이 강했습니다. '내 절박한 문제를 해소하는 게 과연 공부일까? 사실은 나를 벗어나기 위해 공부해야 하는 게 아닐까? 내 문제에 답하는 것은 공부가 아니라 삶의 몫이 아닐까?' 이런 생각들을 했지요.

고전에 대한 호기심은 있었는데, 그걸 읽으면 잘 이해되지도 않았고 우리 시대의 문제가 아닌지라 답답하기도 했지만, 저는 그래서 더 중요하게 여겼습니다. 사회학에서는 3대 고전으로 꼽는 뒤르켐, 베버, 맑스, 미학을 공부할 때는 칸트와 헤겔을 읽으려고 했어요. 영화를 공부할 때는 저명한 고전영화들을 하나하나 찾아 보려고 애쓰는 식이었지요. 저는 그러한 텍스트들을 통해 자신을 확장하는 걸 중시했고, 그걸 고전에 대한 어떤 복종이라고 여기지 않았습니다. 고통이나 좌절도 있었지만 다른 내가 되어보는 경험이 지금의 저에게 종합적으로 남아 있는 셈이지요.

서경식 2009년에 '타자의 문화정치학'이라는 주제로 한국에서 국제학술대회가 열렸어요. 호미 바바Homi Bhabha를 비롯해 여러 국내외 학자들이 논문을 발표했고, 저도 참여했지요. 이때 발표문을 영어로도 작성해야 해서 발표 전에 철자와 표현에 대한 첨삭을 받았습니다. 그런데 그 과정에서 'I'라는 단어가 전부 삭제됐어요. 'I'가 없이 코리안 디아스포라에 대해 말하는 건 불가능한데 말이에요.

학계에서는 '나'를 소거하는 게 눈에 보이지 않는 환경으로 자리하고 있는 듯합니다. 일본도 그렇고, 영어권 나라에서는 특히 심하고요. 주어가 없이 'A는 B다'라는 명제가 있을 때, 생략된 주어는 절대정신일지 신일지 모르지만 그 어떤 소양적인 인격일 겁니다. 그런데 이러한 명제에 의문을 제기하려면 내가 어디에 서 있고 어떤 각도와 시점으로 바라보고 있는지를 언급해야만 합니다. 명제에 생략된 주어, 그리고 그것을 바라보는 '나'의 존재와 위치를 되묻고 따지는 작업이 필요하지요.

언젠가 『죽어가는 천황의 나라에서』라는 책을 쓰신 노마 필드Norma Field 선생님과, 우리가 대학에 자리 잡고 있는 이유는 나를 내세우면서 말하기 위해서가 아닐까 하는 이야기를 나눈 적이 있습니다. 이분은 미국 남성 군인과 일본인 여성 사이에서 태어나 일본의 미국인 학교에 다니면서 성장하셨어요. 여성이면서 혼혈이고 미국과 일본을 오가며 지내는 복합적 정체성을 가진 분이시지요.

『죽어가는 천황의 나라에서』는 쇼와 천황이 죽어가는 상황에서 지극히 평범하지만 문제적인 사람들을 한 명씩 인터뷰해 쓴 책입니다. 이 책은 역사가나 문학가의 방식이 아니라 '나'를 중심에 두는 방식으로 기술되었지요. 내용도 좋았지만, '나'라는 존재가 언급되는 방식으로 서술된 게 저에게는 상당히 신선하게 다가왔습니다.

물론 앞서 이나라 선생님이 여성으로서의 말하기를 강조할 때의 불편함을 지적하신 것처럼, 소수자의 정체성에 지나

제2차 세계대전 직후 미군 점령기의 도쿄에서 일본인 어머니와 미국인 아버지 사이에서 태어나 성장한 노마 필드는 양국을 오가며 일본문학과 여성학을 가르쳤다. 그녀의 대표작인 『죽어가는 천황의 나라에서』는 일본의 전쟁 책임 회피와 역사적 기억의 왜곡을 지극히 평범한 사람들의 구체적인 저항을 통해 그려내어 일본 독자들의 큰 호응을 얻었다.

치게 초점을 맞추다 보면 도리어 소수자를 주변화시키면서 좁은 공간에 가둬버릴 수 있습니다. 저 역시 그런 질문을 많이 받아요. "재일조선인으로서 어떻게 생각하세요?" 문제제기를 해야 할 때 다른 이들이 저에게 발언을 미루는 경향도 있습니다. 소수자의 정체성을 이용하는 셈이지요. 그런데 이런 상황에서조차 자신의 위치를 알아야만 그 맥락을 파악할 수 있습니다.

일본에서는 주어 상실의 문제가 더욱 심해지고 있어요. "너는 어떻게 생각하니?"라고 물으면 적절한 답을 내놓질 못합니다. 모든 걸 수동태로 이야기하는 습관도 문제입니다. 예를 들면 '전쟁을 일으켰다'는 말을 하더라도 누가 일으켰는지 그 주체를 언급해야 하는데 그게 없으니까 책임을 물을 수 없는 식이지요. 마치 자연현상이 일어나듯 전쟁이 일어났다고 보는 겁니다. 다수의 일본인들은 그걸 편하게 여겨요. 남의 문제로 밀어내면 내 문제로 받아들일 때의 책임을 피할 수 있으니까요.

반면에 한국은 일본에 비해 훨씬 스스로에 대한 물음에 강한 듯합니다. 외국에 나가서 한국 사람이라고 하면 어느 쪽이냐는 질문이 자연스레 날아듭니다. 남한 사람인지, 북한 사람인지 묻는 거지요. 식민지배와 남북 분단이라는 상황이 이러한 물음을 회피할 수 없게 만든 것 같습니다.

이나라 유럽의 학술서는 대개 '나'라는 말 대신 '우리'라는 말을 사용합니다. 개별적인 나에서 벗어나 객관적이라고 가정된 주체로 말하기를 요구하는 것이지요. 근대 서구사상의 핵심은 '생각하는 나', 즉 지성을 쌓아올린 내가 보편성을 획득하는 것일지도 모르겠어요. '나'라는 말을 쓰지 않으면서도 보편적인 내가 말할 수 있게 된 것이지요. 이후 포스트모더니즘에서는 그 '나'에서 소외된 이들, 예를 들면 여성이나 식민지배를 받았던 이들을 다시 불러오려 했고요.

근대 서구의 보편 주체 구성 과정에서 '느끼는 나' 역시 소외되지 않았나 싶어요. 서구에도 서정시의 전통이 있지만, '생각하는 나'를 모색하는 전통에 비해 '느끼는 나'를 모색하고 표현하는 전통은 훨씬 적어 보입니다. 반면에 동양에서는 '느끼는 나'를 표현하는 데 대한 억압이 적은 듯해요. 예를 들면 나뭇잎의 흔들림을 안타까워하면서 물아일체하는 나, 이런 건 서구에서 상당히 보기 힘들거든요. 제가 앞서 서경식 선생님의 글이 '아시아적'이라고 말했던 건, 애상의 감정이랄까요. 그런 부분에 예민한 측면을 지적하고 싶었던 겁니다. 선생님의 글쓰기는 자신이 처해 있는 상황에서 출발해서 아주 자연스럽게 자기 감정을 드러내지요.

권영민 애상이라기보다는 억울함에 기초한 글쓰기 아닐까요? (모두 웃음)

서경식 서구적인 표현이지만, 로고스logos와 미토스mythos라는 개념으로 설명을 해볼게요. 서양에서는 로고스만으로 삶의 구석구석을 설명할 수 있다는 전제가 있었어요. 그런데 아우슈비츠 이후 로고스만으로 설명할 수 없는 삶의 여백들이 조명받기 시작했지요. 이렇게 용어를 차용하면 서양적인 것의 답습이 될까 우려되기도 합니다만, 이런 여백들을 미토스적인 것이라고도 할 수 있겠지요. 제가 미술이나 음악에 관심을 갖는 건 이런 여백들이 예술을 통해 표현되기 때문일 겁니다. 미토스에 대한 조명은 서구적 합리성에 대한 정면 대결이나 부정이라기보다는 로고스적인 이해의 한계를 지적하려는 것입니다. 에드워드 사이드 역시 이런 문제의식을 공유하고 있고요.

권영민 선생님께서 말씀해주신 로고스를 체계성을 갖춘 하나의 담론이라고 본다면, 매우 거친 정리이긴 합니다만 제2차 세계대전 이전까지의 사상사는 로고스와 또다른 로고스가 보편성을 두고 벌이는 정반합의 투쟁이었습니다. 하지만 그 이후의 사상사는 확실히 체계성을 갖춘 담론 간의 투쟁보다는 각자의 '이야기'가 서로 중첩되는 방식으로 나타나고 있는 듯해요. 헤겔처럼 '나'를 대신해 '이성'의 목소리로 말하는 게 아니라 '나'의 목소리로 말하는 것이 '이야기'의 중요한 특징이고요. 이러한 '이야기'에는 사실 로고스와 미토스의 차원이 공존하고 있지요.

저는 서경식 선생님의 글도 하나의 '이야기'라고 보는데요. 즉 선생님께서 '나'를 강조하시는 것은 서구적 합리성에 대한 반성이자, 타인과 '이야기'를 나누는 과정에서 그것의 중첩과 엮임을 통해 더 넓은 지평으로 나아갈 수 있다고 보시기 때문인 듯합니다.

이나라 자기 이야기를 하는 것 자체가 조금은 자신을 벗어나는 일일 겁니다. 자신을 돌아봐야 자기 목소리로 말할 수 있으니까요. 그런데 사람들이 자기 이야기에서 벗어나지 못하는 측면 역시 살펴야 하지 않을까요? "내가 살아보니까 그래"라는 말을 자주 듣잖아요. (모두 웃음) 자신이 보고 듣는 바를 성급히 일반화하려는 태도가 지배적인 것이 되어가고 경험의 맹신이 외려 성찰을 가로막는 시대에, 필요한 건 타인의 다양한 삶의 양태를 들여다보며 그것들을 자신의 삶과 견줘보는 작업 아닐까요?

이종찬 그런 부분은 한국적 신자유주의의 서늘한 풍경이기도 할 텐데요. 나를 기어이 드러내고 전시함으로써 내 몫을 받아내고야 말겠다는 틀에 아등바등 갇혀 있달까요. 구조적 혹은 근본적 변화를 꿈꾸지 못하는 소비자주의적 마인드라고도 할 수 있겠지요. 제가 활동하는 인문학 모임에서도 그런 문제가 발생하곤 합니다. 함께 이야기 나누는 자리에서 간혹 공통의 주제와는 무관하게 자신의 일상에서 비롯된 문제들을 격정적으로 토해내는 식이지요. 누군가 중간에 말을 끊으면, 왜 내 의견을 안 듣느냐는 반응이 돌아올 때도 있고요.

서경식 제가 '나'라는 주체를 강조하며 설명했는데, 이러한 주체는 핵심이 먼저 존재하는 게 아니라 타자와 끊임없이 만나면서 생기는 맥락을 통해 파악됩니다. 나에 대해 말하려면 타인을 먼저 이야기할 수밖에 없어요. "나는 그저 난데 뭐가 문제야?" 하는 사람들과는 다르지요. 그걸 구별하는 건 다소 어렵지만요. 자기 이야기를 하더라도 그 자기는 언제 어떻게 생겼는지, 앞으로 영영 바뀔 수 없는지 등을 질문해야 할 겁니다.

로고스 중심주의를 넘어, 에세이의 가능성을 찾아서

서경식 저는 스스로를 에세이스트라고 여기면서 에세이의 가치를 부각시키려는 사람입니다. 본격적인 논문을 쓸 힘이 없기도 하고요. (웃음) 에세이는 '나'라는 존재가 부각되는 장르인데요. 학문적 훈련을 받은 여러분이 에세이에 대해 어떻게 생각하시는지 궁금합니다.

이나라 교과서에는 에세이가 손 가는 대로 쓰는 글이라고 나와 있지요. (모두 웃음)

이종찬 위험한 발언일 수 있지만, 한국적인 맥락에서 에세이는 소위 말하는 A급 작가들이 작품 활동 중간에 관행적으로 써낸 신변잡기적인 글을 일컫는 듯합니다. 한국의 어떤 작가는 그런 글들을 묶어 책을 내지 않겠다는 말을 한 적이 있는데, 이건 에세이가 가진 표현의 가능성을 원천적으로 부정하겠다는 게 아니라 제도적 관행에 갇혀 안이한 글을 펴내지 않겠다는 맥락으로 들렸어요. 일반적으로 '에세이'가 사소한 잡문 정도의 뉘앙스로 곡해되고 있는 것이지요. 문학제도 안에서도 전공을 나눌 때 시, 소설, 희곡, 비평 외에 에세이는 없거든요. 독자적인 관심을 받는 연구 대상이 되지 못한 것이지요.

서경식 권영민 선생님은 육아에 관한 철학 책을 쓰셨는데, 그건 에세이인가요?

권영민 예.

서경식 그럼 그 에세이를 자신의 논문보다 낮게 보시나요? 가볍게 썼다거나 신변잡기를 다뤘다거나 하는 식으로요.

권영민 육아에 관한 철학 책이라고 말씀해주셨지만, 솔직히 말씀드리면 제 책은 현재 육아서로 팔리고 있습니다. (웃음) 하지만 처음 의도했던 건 육아서라기보다는 철학 에세이였어요. 아이를 키우면서 나름의 철학적 시선을 통해 피력하고 싶은 것들을 썼지만, 결과적으로는 그런 방식으로 소화되지 못했지요. 개인적으로는 논문을 쓴 것보다 의미 있는 작업이었다고 생각하지만, 세상은 그렇게 받아들이지 않는 듯합니다. 왜 학위 딸 생각은 안 하고 잡문을 썼느냐는 동료들의 반응도 있었고요.

서경식 제 학교 동료들도 에세이를 논문보다 낮게 평가합니다. 그런데 로고스적인 논문으로는 표현할 수 없는 것들이 있지요. 설명하고 입증하고 근거를 대는 로고스적 방식이 중심이 되면서 미토스적인 것은 주변화되고 저평가됩니다. 에세이 역시 마찬가지라고 봐요.

1945년에 히로시마에 원폭이 투하되면서 30만여 명이 한꺼번에 죽었습니다. 사람들에게 그 사실을 말하면 납득을 하면서도 그저 그렇게 넘어가버려요. 죽은 이들의 억울함이나 아픔을 논문으로 표현하는 데는 한계가 있습니다. 정확한 수치와 근거를 바탕으로 논문을 쓰자면 그런 영역을 다루기가 어렵지요. 그런데 에세이에서는 로고스의 영역보다 미토스의 영역이 중요합니다. 논문으로 다루지 못했던 영역을 건드리고 제기할 수 있는 것이지요.

학생들을 가르치면서도 문제의식을 많이 느낍니다. 학생들에게 고흐의 말년 작품인 〈폭풍이 몰아칠 듯한 하늘과 밭〉을 보여준 후 자신의 느낌을 써보라고 한 적이 있습니다. 이런 방식으로 자신을 드러내고 스스로와 대화하면서 예술을 발견해가는 작업을 학생들은 당혹스러워해요. 하지만 저는 이런 훈련이 로고스 중심적인 체제의 약점을 넘어설 수 있는 하나의 방법이라고 봅니다.

이나라 학생들에게 영화를 가르치면서 예술영화를 본 후 글을 써오라는 숙제를 내줘요. 이때 저는 그날 날씨가 어땠는지, 무얼 타고 갔는지, 영화관에서는 옆에 누가 앉았는지 등등 영화를 보러 오가며 했던 경험들을 하나하나 관찰해서 적어 보라고 합니다. 우연적인 경험이 자신을 만드는 거고 그걸 다시 기록하면서 의미를 생산할 수 있기 때문이지요. 저는 이런 게 에세이적인 글쓰기라고 봐요. 나를 드러내면서도 밖을 바라보는 내가 있는 방식이지요.

그런데 학생들의 일상적인 수다를 듣다 보면 바깥을 보지 않는다는 느낌을 많이 받습니다. 자기 안에 갇혀 있달까요. 바깥을 좀더 많이 바라보되, 그 방식 역시 우연의 기회를 차단하지 않으면서 덜 프로그램화되었으면 좋겠어요. 예전에 비해 학생들이 예기치 않은 것을 만나는 걸 두려워하는 듯합니다. 그런 경험을 할 수 있는 거의 마지막 수단으로서 예술이나 여행 같은 게 중요한 것 같고요.

서경식 처음 이야기를 들을 땐 진짜 영화를 본 후 글을 쓰는 건지 검증하려는 관리적인 발상에서 숙제를 냈다고 오해했어요. (모두 웃음) 그런데 그런 맥락이라면 저 역시 열렬히 동의합니다. 부부 싸움을 하고서 영화를 볼 때와 기분 좋게 영화를 볼 때는 당연히 영화가 달리 받아들여지겠지요. 그런 차이들을 볼 수 있는 장르가 바로 에세이예요.

권영민 서양에서 최초의 논문을 아리스토텔레스의 글에서 찾는 이들이 있습니다. 플라톤의 생각은 논박하기 어려운 대화체의 글로 정리된 데 비해 아리스토텔레스의 생각은 논문 형식의 글로 정리되었다고 보는 거지요. 계몽주의의 전통 아래서는 논문 형식으로 글을 써야 논박을 통해 학문의 발전과 진보를 꾀할 수 있다고 보는지라 그러한 형식의 글을 중시하는 경향이 있습니다. 반면에 에세이는 자칫하면 논박이 정체성에 대한 공격이나 인격적인 비난으로 흐르기 쉽고, 글의 특성상 논증이 체계화되어 있지 않아서 논박이 어려운 측면도 있지요.

학문의 세계에서는 분명 논문이 필요합니다. 막스 베버의 말처럼 탈주술화된 세계를 가져오는 학문의 진보에는 나름의 가치가 있고요. 그런데 아카데미에서 훈련을 받았지만 앞으로 에세이를 쓰고 싶어하는 저로서는, 어떻게 하면 에세이가 아카데미즘에서의 학문에 기여하는 방식으로도 존재할 수 있는지, 어떻게 모델을 만들어갈 수 있을지에 대한 고민이 있지요.

이나라 독일과 프랑스를 비교해보면, 프랑스에서는 비교적 논문과 에세이 사이의 공생 관계가 이루어졌습니다. 롤랑 바르트는 에세이스트지만 나름대로 새로운 사유를 제시했고, 보들레르처럼 비평가의 시대에 활동했던 이도 있습니다. 프랑스에는 강단 학자 외에 지식 담론을 생산하는 이들이 많았던 건데, 독일의 경우는 그렇지 않습니다. 강단을 중심으로 담론이 형성되었기에 특히 독일에서는 에세이를 가볍고 쉬우며 보편성이 떨어지는 글이라고 여겼던 것 같아요.

권영민 앞서 서경식 선생님은 학생들이 에세이 쓰는 훈련이 덜 되어 있다고 하셨는데, 제 입장에서는 조금 다른 이유와 맥락에서 에세이 쓰기가 정말 어렵습니다. 아카데미의 교육 시스템이 에세이를 폄하하기도 하고 학생들 역시 에세이 쓰는 훈련이 덜 되어 있긴 하지만, 사회적으로도 그런 글을 쓰기 어렵게 만드는 지점이 있어요. 내 존재와 위치를 공개했을 때 내게 되돌아올 것들에 대한 두려움이 있는 것이지요. 에세이가 자신의 상처와 아픔, 고통이 담긴 이야기를 밝히는 것이라면, 이걸 어디까지 어떻게 밝혀야 할지에 대한 내면적인 투쟁을 치러야 합니다. 글 쓰는 입장에선 곤혹스러운 일이예요.

서경식 제가 에세이스트로 글을 쓰고 책을 펴내며 대학에서 일하는 것은 모두 노력보다는 행운의 산물이라고 생각합니다. 제 주위의 재일조선인들만 보더라도 알코올중독이라든가 가족 간의 불화, 자살 등을 겪는 사람투성이예요. 물론 일본에서 재일조선인으로 겪는 고충도 있을 테고요. 식민지배를 겪었고 나라가 분단되어 있고 신자유주의가 횡행하는 가운데 불행이 닥쳐오는 것은 불가사의한 일이 아닙니다. 저도 어느 정도는 불행을 겪고 있고요. 다만 우연히 다가온 행운 덕분에 여러분 앞에서 이야기할 수 있게 되었지요.

그런데 제 이야기는 단지 서경식이라는 개인만의 이야기가 아니라 여타의 목소리를 내지 못하는 이들을 대표해 제가 책임지면서 발언하는 이야기이기도 합니다. 나는 개인이면서 동시에 관계의 산물입니다. 나와 사회, 나와 인류의 관계를 연결시켜 사고해야 한달까요. 권영민 선생님 개인의 일은 달리 보면 세대의 문제, 이 나라 학계의 문제, 한국 사회의 문제일 수 있습니다. 보편성에 다가가는 행위일 수 있는 거예요.

이종찬 사소설 전통이 있는 일본에서는 이런 에세이에 대한 기반이 좀더 탄탄하지 않을까 짐작해봅니다. 한국에서는 그런 글쓰기의 지반이 너무 약하다는 느낌이 들거든요.

이나라 저는 한국에 그런 글이 적다고 생각하진 않습니다. 1990년대 이후부터 그런 부류의 글들이 양산됐는데, 문제는 좋은 글이 적다는 데 있지요. 지극히 상업적인 글부터 전문 지식을 쉽게 풀어 서술하는 글, 다양한 서브컬처를 다루는 글 등이 다양하게 생산되고 있습니다. 그 안에서 의미 있는 것들을 만들어내고 지속시키는 것이 무엇보다 중요할 테고요.

한편 논문과 비교하며 에세이를 폄하하는 풍토가 있지만, 학자로서 지명도를 얻기 위해 기를 쓰고 에세이를 쓰는 흐름도 있습니다. 이 역시 생각해볼 문제겠지요.

서경식 일본에서는 신변잡기적인 글이 꽤 널리 읽힙니다. 에세이라기보다는 수필이라고 하지요. 그런 글에서는 필자가 자신을 낮추면서 우습게 표현해요. 자신이 모든 것을 알고 있고 윤리적인 사람인 걸 피력하는 게 아니라 부족한 사람이라는 걸 드러내는 게 일본 수필의 전통이지요. 제 글에도 그런 측면이 있는데, 그건 일본 수필의 영향입니다.

이와 같은 풍토에는 장단점이 있을 거예요. 대다수의 일본 독자들은 그런 글을 읽으면서 개인의 문제적 상황은 고민하지 않은 채 작가가 그려놓은 것을 수동적으로 바라보기만 합니다. 회사 생활의 애환을 그린 수필을 읽고 공감하는 식이지요. 하지만 이런 가운데서 예외적으로 비평적인 독자를 대상으로 한 에세이가 나올 수 있습니다. 이미 굳건하게 시장이 형성되어 있기에 가능한 일이지요.

저로서는 오히려 한국의 상황이 궁금합니다. 한국에서는 지식인에게 상당한 권력이 있잖아요. 지식에 대한 물신화 경향도 강하고요. 이런 풍토에서는 지식인이 자신을 낮추거나 우습게 표현하는 에세이를 쓰기 어려울 겁니다. 한국에서는 꼭 에세이가 아니더라도 그런 갇혀 있는 틀을 돌파하는 게 필요할 듯해요.

이종찬 오해의 여지가 있을 수도 있겠지만, 신자유주의 학문 풍토 속에서 학제 시스템이 현실적으로 운용되는 방식을 보면 우리의 아카데미즘 환경이 자본주의 체제의 '양계장' 같다는 느낌을 받을 때가 있습니다. 개별 연구자들이 자신의 세부 전공에 지나치게 몰입한 나머지 그 외의 주제에 대해서는 어이없으리만치 무지하거나 관심이 없는 경우를 종종 목격하게 되거든요. '전공주의'의 폐해랄까요. 한마디로 '똑똑한 바보'가 되고 마는 것이지요.

저는 대범하지 못한지라 아카데미즘 내부에서 그에 대해 직접적으로 전투를 벌이거나 저항을 표출하는 게 아니라 소리 없이 반대를 하는 편이에요. 그래서인지 저에게는 '나'를 드러내는 글쓰기가 더더욱 소중하게 여겨집니다.

서경식 오늘날의 인문과 교양을 논하려면 논의의 바탕이 되는 개념들이 시대와 지역에 따라 어떤 맥락으로 쓰였는지를 잘 살펴봐야 합니다. 한 시대에 긍정적으로 쓰였던 개념이 다른 시대에는 부정적으로 쓰이는 경우가 있어요. 한국과 일본에서 같은 단어를 다르게 규정하기도 하고요. 특정한 개념의 내용과 맥락 등을 따져보지 않으면 쳇바퀴 돌듯 논의의 초점이 흐려질 수 있지요.

예를 들어, 박근혜가 대통령 선거에서 이겼을 때 기성세대가 젊은이들에게 너무 계몽주의적으로 접근한 게 아닌가 하는 분석을 들은 적이 있습니다. 이때의 계몽주의란 윗세대가 자신의 경험을 절대화하면서 다소 권위적으로 아랫세대를 가르치려 드는 걸 가리키는 듯한데, 한국에서는 계몽주의라는 말을 흔히들 이렇게 사용하나요?

이나라 보통 그런 이들을 꼰대라고 하지요. (웃음) 1990년대에 포스트모더니즘이 등장하면서 계몽주의라는 말을 문제적인 양 많이 썼습니다.

서경식 그러면 제가 누군가에게 계몽주의적이라는 말을 들었다면,

그건 화낼 만한 일인가요?

권영민 '지나치게 계몽적이다'라는 표현은 용례상 부정적으로 들릴 수 있겠지요.

서경식 또 하나의 사례를 들면, 한국과 일본에서는 '리버럴리즘'이라는 단어가 달리 쓰입니다. 한국에서는 분단 이후 자유주의가 반공주의와 결합되어 나타났지요. 반공자유주의는 내용적으로 반공주의에 치우쳐 있는 미국식 사고방식이었고요. 또한 반공주의의 자장이 줄어든 후에도 좌파의 입장에서 자유주의는 지속적으로 견제해야 할 대상이었습니다.

이종찬 한국에서 '리버럴리즘' 혹은 '자유주의'라는 말이 구체적으로 어떻게 쓰이고 있는지와 관련해서 한 번쯤 곱씹어볼 만한 사례가 있습니다. 고종석 선생님의 경우가 그것인데요. 고종석 선생님은 본인도 자처하거니와 외부에서도 소위 '자유주의' 지식인으로 불리고 있습니다. 그런데 선생님이 한국의 어느 명망 있는 좌파 지식인으로부터 '자유주의자인 주제에' 어떻게 감히 자신에게 이러저러한 말을 하느냐는 얘기를 들은 적이 있으시다고 해요. 굉장히 상징적인 장면이지요? 아마도 그게 한국에서 리버럴리스트가 놓인 자리일 겁니다.

서경식 반면에 일본에서는 전후[戰後]에 천황제를 지지하는 다수파에 대항해서 천황제에 저항한 이들을 리버럴리스트라고 칭했기 때문에 이 개념이 긍정적으로 사용되고 있어요. 스탈린주의적인 공산주의에 동의하지 않으면서 천황제에 반대하는, 그러면서 앞으로 어떤 사회를 만들어나갈지에 대한 대안을 고민하던 이들이었지요. 와타나베 가즈오나 가토 슈이치 등이 긍정적인 의미의 리버럴리스트일 텐데, 희미하긴 하지만 몽테뉴로부터 이어져 내려온 프랑스 계몽주의 정신을 계승한 계파이지요.

일본의 리버럴리스트 중에서도 제가 비판적으로 바라보는 이들이 있지만, 그럼에도 불구하고 저에게 무슨 주의자냐고 묻는다면 리버럴리스트라고 답할 겁니다. 하지만 제가 한국에서 그렇게 말한다면 많은 오해를 사겠지요? 이런 오해를 피하려면 어떤 개념으로 무언가를 규정하고 분류하는 게 아니라 그 개념이 가리키는 실제 내용에 대한 이야기를 나눠야 할 거예요.

에드워드 사이드의 경우는 이런 유의 사안에 대해 배울 만한 사례라고 봐요. 서구에서는 1960년대 말부터 인문주의라는 전통에 대한 비판의 목소리가 터져 나오기 시작합니다. 인문주의가 중심에 두는 인간이란 서양인, 백인, 남성, 그리스도교도였다는 비판이었지요. 이런 상황에서 사이드는 전통을 완전히 부정하지 않으면서도 서양의 전통적 인문주의가 만들지 못했던 다른 길을 만들어갑니다.

사이드는 어릴 적부터 저명한 서양 학자들이 BBC 라디오에 출연해서 하는 강의를 즐겨 듣곤 했습니다. 그러던 그가 성장해서 자신이 즐겨 듣던 라디오 프로그램에서 강연을 하게 되지요. 이 강연을 글로 풀어놓은 책이 『지식인의 표상』이고요.

저는 에세이스트여서인지 디테일에 눈길이 갔습니다. 이 책도 본문보다 서문을 더 눈여겨봤는데요. 서문에서 사이드는 자신이 BBC에 초대받아 강연을 하게 된 데 대한 기쁨을 숨기지 않아요. 이게 많은 이들의 비판을 받지요. 하지만 그가 이 강연에서 방송국에 아부하는 말들을 늘어놓은 게 아닙니다. 오히려 중심의 시선으로 세상을 보는 게 얼마나 폭력적인지를 외부자의 시선으로 증언하지요.

저는 이게 오늘날 인문학의 바람직한 양상이라고 봅니다. 이건 인문학이고 저건 인문학이 아니라고 손쉽게 재단하는 게 아니라 개입하면서도 싸우고 그러면서 변화시켜야 한달

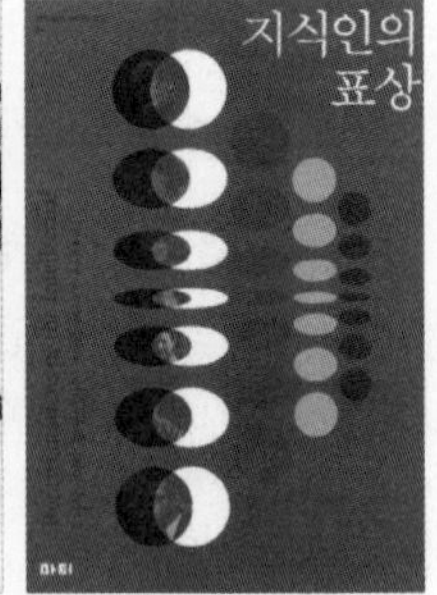

에드워드 사이드는 서양의 전통적 인문주의를 완전히 부정하지 않으면서도 그것이 만들지 못했던 다른 길을 만들어나갔다. 아래의 두 사진은 그의 BBC 라디오 강연을 책으로 펴낸 『지식인의 표상』의 영어판과 한국어판 표지.

까요. 그게 얼마나 어렵겠어요. 하지만 인문학이란 바로 그런 걸 거예요.

이종찬 지금의 한국 사회를 들여다보면, 한편에서는 인문학이 죽어간다고 말하지만, 또다른 한편에서는 인문학이 차고 넘치고 있습니다. 한국의 대표적인 기업인들이 인문학의 중요성을 앞다투어 설파하고 있지요. 정부에서 주도하는 창조경제의 바탕으로도 인문학의 가치가 중요하게 제기되고 있고요. 이게 어찌 된 형국일까요? 인문학은 빈사 상태에 처해 있는 걸까요, 아니면 융성하고 있는 걸까요? 누구의 말이 맞는 건지 혼란스럽기만 합니다.

그렇다면 전자의 입장에서는 결핍된 게 무엇인지 따져봐야 하고, 후자의 입장에서는 그들이 말하는 인문학이 정확히 무엇인지 캐물어봐야 할 겁니다. 인문학의 죽음 담론을 부각시키려는 이들이 인문학과 관련 교수들인 경우가 적지 않은 건 그저 단순한 우연의 일치일까요? 반면 인문학의 융성을 설파하는 입장을 가만히 들여다보면 그때의 인문학은 '비판'의 기능이 거세된 반쪽짜리 체제순응적 인문학에 지나지 않을 때가 비일비재합니다.

서경식 일본에서는 1990년대 말에 교양교육의 강화에 대한 사회적인 요구가 있었습니다. 학교에서 지시한 대로만 따라하고 대화조차 되지 않는 학생들을 양산하고 있다는 반성에서 비롯된 것이지요. 하지만 이제는 소위 외국어를 비롯한 문학, 철학 등의 교양교육을 축소하고 실용적인 기술교육을 늘려가는 경향이 강합니다.

권영민 대중들에게 다가가고 있는 흐름만 본다면, 오늘날의 인문학은 지식이나 교양과 만나는 경험을 통해서 '나'를 복원시키거나 '저항'의 계기가 되기보다는 "너희는 이거 잘 모르지? 내가 가르쳐줄게"라는 식으로 강의를 하거나 최신 담론을 소개하는, 부정적인 의미의 '계몽적인' 방식으로 소비되고 있습니다. 전문가의 권위를 강화하거나 자기계발서에 활용되는 방식으로 작동하는 것이지요. 이런 맥락의 인문학 열풍은 진정한 인문학과는 거리가 있다고 봐요.

서경식 영어로는 계몽이 'enlightenment'잖아요. 나에게는 빛이 있고 너에게는 어둠이 있다! (웃음) 서양에서는 합리적 사고와 과학을 주장하면서 중세의 미신이나 마술로부터 해방되는 것을 '계몽'이라고 봤지요. 반면에 '계몽적인 태도'란 진리를 자신의 독점물로 보면서 상대방에게 가르쳐준다는 태도를 말하고요. '계몽'과 '계몽적인 태도'에는 분명 차이가 있습니다. 진정한 계몽은 자기 자신이 조금의 빛을 보고 있지만 그것이 온전한 전체가 아니라는 걸 항상 의식해야 하지요.

권영민 칸트는 『계몽이란 무엇인가에 대한 답변*Beantwortung der frage: Was ist aufklärung?*』에서, 자신의 지성을 스스로 사용하는 것을 계몽이라고 정의합니다. 그 말은 곧 학자나 지식인에게 자신의 지성을 사용하도록 내버려두는 게 아니라 자기 지성을 누구든 자유롭게 사용하는 게 계몽이라는 건데요. 그건 단지 얼마나 아느냐의 문제가 아니라 알려고 하는 의지나 용기의 문제거든요. 실제로 사람들은 그걸 좋아하지 않는 것 같습니다. 물론 훌륭한 강의도 있겠지만, 많은 대중 강연들이 지성을 과감하게 사용하는 걸 권하기보다는 오히려 아웃소싱하는 '백화점 인문학'의 느낌이 강하지요.

서경식 내가 하고 싶은 것만 하고 내가 보고 싶은 것만 보겠다는 생각으로는 계몽되지 않아요. 수동적이거나 일방적이 아닌 만남의 기회가 필요하지요. 그런데 국가나 자본, 기업의 영향력이 커진 가운데서 만남의 기회가 줄어들고 있어요. 과거와 같은 엘리트주의적인 교육에 찬성하는 건 아닙니다만, 책을 읽고 예술을 접하고 타인을 만나는 기회를 만들고 이를 유도하는 문제는 매우 중요해 보입니다.

교양교육이 사그라든 게 권력의 압력 때문만이라면 차라리 좋으련만, 다수의 일반인들이 교양을 원치 않거나 심지어는 그걸 모른 채 사는 걸 좋아하는 듯합니다. 교양의 토대 자체가 무너지고 있어요. 이런 상황에서 어떻게 진리에 대해 말할 수 있을까요?

이나라 요즘 학생들은 취업 준비에 시달리면서 스스로를 계몽할 만큼의 열정을 갖기도 어렵고 당장 눈앞에서 도움되는 게 아니라면 필요 없다는 생각을 하는 듯해요. 어떤 희망이나 새로운 기운, 심지어는 지적 허영조차 느끼지 못하는 거지요. 그런 학생들에게 저는 대학 시절이 한국 사회에서 스스로를 확장할 수 있는 마지막 시기라고 말하곤 해요. 지금 당장 필요하진 않더라도 경험해보는 게 차후의 삶에 토대가 될 수 있다고 하면서요. 20세기 후반 이후 계몽의 억압에 대한 많은 담론들이 나왔지만, 그럼에도 불구하고 계몽을 통해 경험의 지평을 넓혀가는 작업은 여전히 필요하고 중요하다고 봅니다.

이종찬 저는 언젠가부터 한국에서 '정치적 올바름'의 마지노선마저 무너지고 있는 게 아닌가 싶어 충격을 받곤 합니다. 예를 들면 밀양 송전탑 투쟁을 하는 분들에 대해 그저 보상금을 많이 받아내기 위해 떼쓰기를 하고 있는 데 지나지 않는다고 매도하던 주류 보수 언론의 보도를 그대로 믿어버리거나, 세월호 참사로 자식을 잃은 부모들을 향해 죽은 자식의 시체를 가지고 장사를 한다며 거침없이 손가락질하던 이들을 볼 때 그러했습니다. 어떤 사안을 기회주의적으로 자신의 이해관계에 유리하게 이용하려는 게 아니라 정말 아무런 자각이 없는 게 아닌가 싶을 때가 있어요. 뻔뻔함의 시대인 것이지요.

제가 보기에 이것은 확실히 이전과는 다른 감수성입니다. 그런 빈약한 말을 하는 이들의 소매를 붙들고서 이야기를 할라치면 상대방이 저를 꼰대로 여기는 게 느껴질 때도 있어요. 오히려 그런 말을 하려는 저 자신을 검열하게 되지요. 최소한의 마지노선이 사라지고 있다는 두려움이 있고, 그렇다면 사람들에게 어떻게 말을 걸고 이런 사안들을 소통해야 할지에 대한 고민도 생깁니다.

권영민 2013년에는 경희대에서 한 학생이 마르크스 경제학을 강의하는 강사를 국정원에 신고하는 일이 있었습니다. 마치 유행처럼 자신과 견해가 다른 이들을 국정원이나 교육 당국에 고발하는 사태가 벌어지기도 했지요.

이나라 프랑스는 제2차 세계대전 당시 비시 정권 하에서 유대인 밀고를 당연하게 여겼다가 이후 큰 반성을 한 경험이 있기 때문에 모든 무기명 신고를 반윤리적인 행동으로 간주하는 경향이 있어요. 반면에 한국에서는 북한과의 대치 상황에서 안보를 중시하는 분위기가 지배적이었고 지금은 신고를 시민의식의 발로로까지 생각하는 지경에 이른 듯해요. 최근에는 불법 주차, 불법 투기 등을 신고해서 돈 버는 법을 알려준다는 파파라치 학원 광고를 본 적도 있습니다. 고소득을 보장한다더군요. (웃음)

서경식 일본의 히로시마 대학에서는 재일조선인 교수가 수업 시간에 위안부 관련 영화를 보여줬다는 이유로 반일감정을 드러냈다는 비판을 받은 적이 있습니다. 또 어떤 대학생은 수업 시간에 조선학교 지원을 소개하는 전단을 나눠준 후 이에 대해 논한 것이 반일운동이라며 인터넷에 글을 올렸어요. 이 글을 본 자민당 의원이 학교에 압력을 가하자 학교가 사죄를 해버렸고요. 이건 1930년대 나치즘의 상황과 비슷하다고도 할 수 있지요.

캐나다의 학자 로버트 젤라틀리Robert Gellately는 종전 60년 만에 공개된 나치의 자료들을 바탕으로 독일 국민들이 당시에 어떻게 행동하고 대처했는지를 추적하는 『히틀러를 지지한 독일 국민Backing Hitler』이란 책을 집필했어요. 이 자료들을 보면 당시에 유대인에 대한 밀고가 산처럼 쌓여 있었고 터무니없는 신고도 엄청나게 많았어요. 개인적인 울분이나 원한 때문에 밀고한 경우도 허다했고요. 하지만 이런 연구가 뒤늦게 나오더라도 당사자들은 사실을 바로 보고 싶어 하지 않습니다. 남의 일처럼 여기면서 연구가 나와도 받아들이질 않아요. 독일인 대다수는 자신들도 나치의 희생자였다는 신화를 만들면서 책임을 지워버렸는데, 일본인 역시 마찬가지지요. 그렇다면 과연 학문은 어떤 역할을 할 수 있을까요? 이런 지적 야만에 어떻게 저항할 수 있을까요?

이나라 오늘날은 인터넷 등의 매체 환경 변화로 개인의 욕망이 직설적으로 표출되는 시대예요. 예전에는 보이지 않았던 음험한 말들이 곳곳에서 표면으로 떠오르고 있지요. 그런 말들이 흥미롭고 충격적이다 보니 더더욱 널리 유포되고요. 여기에 이의를 제기하면 자연스레 꼰대 취급을 받습니다. 교육자들은 이런 분위기에 겁을 먹고 조심하면서 자기검열을 하게 되고요. 한국뿐 아니라 유럽이나 일본 역시 그런 듯합니다.

그런데 한 사회가 그전까지 만들어온 담론문화와 교양의 토대에 따라 반향이 다른 것 같아요. 가령 프랑스에서도 이민자 문제를 비롯해 다양한 사회문제들이 있어왔지만, 오랜 시간 고전이나 공화주의로 세뇌해온 게 있어서인지 파장이 덜해 보이고요. 한국은 반향을 견디는 힘이 약해 보입니다. 교양 없는 사람들의 힘이 세고요! (모두 웃음)

서경식 제가 최근에 펴낸 『시의 힘』이란 책에 실린 「픽션화된 생명」이란 글에서 언급한 에피소드인데요. 어떤 학생이 제 강의를 영화의 한 장면처럼 본다고 하더군요. 강의에 참여하는 게 아니라 강의가 재미있으면 듣고 그렇지 않으면 언제든 전원을 끄듯 한다고요. 실생활을 영화 혹은 컴퓨터 화면처럼 받아들이고 있는 것이지요. 그렇다면 그런 학생들은 실제로 벌어지는 전쟁도 게임처럼 이해할 거예요. 이게 세계적인 추세라면 기술 발전으로 인한 인간의 리얼리티 상실로도 볼 수 있을 테고요. 전쟁의 발발이나 원전 사고도 이와 무관하지 않겠지요.

권영민 저는 학생들이 화면에 보이는 영상과 실제 현실을 구분하지 못하는 것 같지는 않은데요. 오히려 그들은 실제 현실이 미디어가 만들어낸 현실을 통해 해석된다는 걸 영리하게 잘 이해하고 있는 듯해요. 누군가의 강의를 들으면서도 그것을 그가 편집한 현실이라고 이해해버리는 식이지요. 강의의 내용을 영화적으로 받아들이고 있다기보다는, 데리다의 개념을 빌려 말하자면 강의 그 자체를 '인공적 현재'라고 여기는 경향이 있는 듯합니다.

이나라 보편적 진리를 인정하지 않는 태도이지요.

권영민 그래서 저는 강의의 형식이나 제도를 의심해봐야 하지 않나 싶어요. 강의가 권위 있는 누군가의 일방성을 전제로 이뤄지는 것이라면, 즉 듣는 이를 상대화한 입장에서 편집된 현실이라면, 그걸 전적으로 받아들일 필요가 없어지는 것이지요. 반면에 롤플레잉 게임처럼 긴 서사가 있는 경우라면 자기 역할이 있고 자기 이야기를 만들 수 있을 겁니다. 그걸 자기 현실로 받아들이고 스스로 경험했다고 여길 거예요. 존재론적으로 본다면 그런 현실이 더 중요해지는 상황이 되어버린 거지요.

서경식 일본에서는 '상대화'라는 말과 유사한 '공정중립'이란 표현이 빈번하게 사용되고 있어요. 공정중립이라는 가치가 있는 게 아니라 어떤 상황에서든 중간에 서라는 거지요. 예를 들면 아베 정권이 주요 방송사들에게 공정중립을 지키라고 요구합니다. 정권에 반대하는 것은 공정중립이 아니니 그런 걸 보도하지 말라는 거예요. 그럼 결국 기득권 세력이 이득을 보게 되지요. 학생들 역시 제 강의가 너무 재일조선인의 입장에서 일본 비판만 하니 공정중립이 아니라고들 합니다. 또다른 예를 들자면, 일본의 한 마을회관에서 하이쿠를 짓는 할머니들 모임이 있었는데 그 모임에서 쓴 시들이 신문에 게재되기도 했어요. 그런데 평화헌법을 지키자는 내용의 하이쿠가 공정중립을 지켜야 한다는 이유로 신문에 실리지 못했지요. 이건 눈에 안 보이는 권력에 전복되는 것이나 다름없습니다. 이런 위험한 관념이 사회 곳곳에 깊숙이 침투되고 있어요.

이종찬 한국에서는 공개적인 발언을 하면서 자기 발언을 정치적으로 해석하지 말아 달라는 말을 덧붙이는 경우가 꽤 있지요. 그거야말로 가장 정치적인 발언인데 말이에요.

서경식 한국에서는 국가나 학교가 동영상 강의를 장려한다고 하더군요. 사실 교육이란 내용뿐만 아니라 분위기, 표정, 말투 등을 통해 이뤄지잖아요. 반면에 동영상 강의는 학생과 선생이 질문과 답을 주고받을 수도 없는 지극히 규격화된 방식이고요.

권영민 역설적으로 대학이 존립하기 위해서라도 그런 흐름에는 저항해야 한다고 봐요. 미국 유수의 대학들이 인터넷 강의 서비스를 하고 있고, 한국에서도 몇몇 선발된 대학들이 인터넷 강의를 송신합니다. 그런데 요시미 순야吉見俊哉가 『대학이란 무엇인가』에서 말했듯이, 이런 흐름은 결국 대학의 몰락으로 이어질 거라고 봅니다. 대학이라는 제도는 지식을 전달하는 하나의 미디어 플랫폼이기도 한데, 인터넷 강의가 그걸 대체해버리게 될 테니까요. 전문화된 기술만을 가르치는 게 대학의 목표가 된다면 결국 대학 교육의 기둥을 헐어내는 꼴이 됩니다. 대학이 존립하기 위해서라도 '나', '위치성' 등에 대한 고민이 더 필요하지요. 하지만 한국의 대학들은 적극적으로 기술만을 전달하는 방식으로 흘러가고 있고요.

서경식 일본은 자연과 문명의 대립에서 비롯된 문제들을 지속적으로 겪어왔습니다. 히로시마 원폭 투하나 후쿠시마 원전 사고가 대표적인 사례겠지요. 후쿠시마 원전 사고 때는 10만 명 이상의 사람들이 자신의 터전을 버려야만 했는지라 일본 사회에서도 성찰의 계기가 마련되리라고 봤어요. 하지만 사람들은 너무나도 일찍 사실을 잊어가고 있습니다. 심지어 아베 신조가 2020년 올림픽 유치 연설을 하면서 후쿠시마 원전이 완전히 제어되고 있다고 발언했는데, 일반인들은 이게 거짓말인 줄 알면서도 엄청난 지지를 표했지요. 국익을 위한다는 명목으로 사실을 받아들이지 않는 것일 수도 있겠지만, 지성과 교양의 패배로 보이기도 합니다.

기술 자체가 인간을 죽일 힘을 가지고 있진 않지만 그것을 이용해서 인간을 박해하는 시대에 진입하지 않았나 싶어요. 인간이란 개념에 대한 심각한 도전이기도 하고요. 이런 상황에서 우리가 무얼 해야 할지 판단하는 게 중요할 거예요. 어떤 돌파구가 있을지, 그리고 이때 고전이 어떤 힘을 발휘할 수 있을지에 대한 이야기를 마지막으로 나눠보고 싶어요.

이나라 엄청나게 거대하면서도 어려운 문제인데요. 저 역시 디지털에 대해 고민하면서 어떤 시기에 발명된 '인간'의 개념이 사라지겠다는 생각을 한 적이 있습니다. 중세에는 자신이 태어난 곳에서 벗어날 수 없었고 글 읽는 이도 적었으니 아주 협소한 세계에서 살았을 텐데, 계몽주의와 산업혁명 시기를 거치면서 여러 가지 경험을 할 수 있는 '증강 인류'가 탄생했지요. 어느 시대에나 인간이란 개념은 계속 바뀌어 왔던 것 같아요.

오늘의 시대가 요청하는 인간의 모습, 개념, 양태 등은 모두 제가 선호하는 인간의 모습은 아니에요. 그래서 비탄을 느끼기도 하고, 때로는 이에 대해 그저 순응해야 하나 하는 생각이 들기도 하지요. 그러나 공부하는 사람으로서의 의무란 이에 대해 비관하거나 순응하는 게 아니라 이를 응시하고 기록하는 일이라고 봅니다.

오늘날은 한 사람의 지식인이 세계를 전부 조망하는 게 불가능한 시대일 거예요. 원인과 결과, 복잡한 과정, 기술적인 면모를 모두 파악하기에는 유례없이 너무 많은 지식이 축적되어 있지요. 이 어마어마한 정보들을 바탕으로 구체적인 경험이나 지식을 확장하는 것도 중요하다고 봅니다. 보기에 불편한 것들도 따라가며 보려고 애쓰기도 해요. 쓸모없어진 기계는 바꾸면 되지만, 인간은 쓸모가 사라지면 스스로 바뀝니다. 당면한 문제를 해결할 수 없을 때 인간의 약점이 노출되겠지만, 그걸 통해 인간은 또 달라지겠지요.

260 권영민 저는 지금 대구에서 책 읽는 모임을 이끌어가고 있는데, 제 경험치로 그 모임의 형성 과정을 말씀드리고 싶어요. 저를 제외한 모든 사람들이 트위터를 통해 알게 된 사이입니다. 140자의 멘션을 날리면서 서로의 생각이 비슷하다는 걸 알게 됐고, 같은 지역에 거주하다 보니 실제로 만나게 되었지요. 그중 한 친구가, 지금처럼 트위터 유저로 만나는 걸 넘어서서 함께 책을 읽어보자고 제안하면서 모임이 시작됐습니다. 그 모임에서 서경식 선생님 책을 함께 읽고 선생님을 모셔 이야기를 나누기도 했지요.

모임을 통해 서로를 독려하면서 개개인은 발전해나갔고 서로의 서사가 교차하면서 모임이 더욱 풍요로워졌습니다. 140자로 무언가를 표현하던 이들이 점점 더 긴 글을 쓰게 됐고, 서로를 격려하면서 페이스북과 블로그 계정을 열었어요. 그 중심에는 책이 있었지요. 여러 책들을 읽다 보면 생각이 넘쳐났기 때문에 그걸 글로 표현하게 된 것이지요. 과연 SNS가 인간성에 위협을 줄 만큼 도전적일까요? 영상이나 기술을 통해서 인간의 감각이 질적으로 확장된 것보다 SNS가 더 큰 확장을 가져다주고 있느냐는 질문에 대해 저는 아직까지 과장된 긍정의 답을 할 필요는 없다고 봅니다.

이종찬 고전이 하나의 보편을 가정하는 태도라고 한다면, 강제되고 주어진 보편성이 아니라 개별적인 것들을 구성해가는 보편성이 끊임없이 고민되는데요. SNS에서 엿보이는, 닫힌 세계 안에서 자기 회전을 하고 있는 듯한 고립주의를 벗어나서 보편을 구성해내려고 할 때, 그 각각의 것들을 이어주는 매듭점이 고전일 수 있다고 봅니다.

이와 관련해서 기형도의 『입 속의 검은 잎』이란 시집이 떠오르는데요. 이 시집이 1989년에 출간되었는데, 90년대 세대들에게 널리 읽혔지요. 저는 이 시집이 386의 공동체적 가치와 고뇌 같은 것들을 90년대 세대에게 이어주었다고 봅니다. 80년대와 90년대라는 다른 시대를 이어준 매듭인 셈이지요. 고전이 지금 시대에 여전히 유효하려면, 고전을 통해 그런 매듭점을 만듦으로써 공통의 무언가를 모색할 수 있는 가능성을 찾아야 하는 게 아닌가 싶습니다.

서경식 저는 1960년대에 중학교를 다녔는데, 그 시절에 일본의 몇몇 출판사에서 '세계문학전집' '인류의 지적 유산' 같은 시리즈를 펴냈어요. 이런 시리즈를 학교나 도서관 등의 기관에서 구입하고 가정에까지 그것이 보급되는 시대였지요. 긍정적으로만 볼 순 없겠지만, 저는 이들 시리즈를 통해 얻은 것도 꽤 있다고 봅니다.

이나라 그런 대중적인 전집 보급은 서구에는 없는 문화인 듯해요. 아시아에서는 문인들이 읽어야 할 책의 목록을 만드는 전통이 있었지요. 세종 대왕도 전집류를 많이 간행했잖아요. 널리 읽혀야 할 것과 그렇지 않은 것을 나누는 일종의 검열 문화라고 볼 수도 있지만요.

이종찬 어릴 적 독서와 관련한 원형적인 체험이 하나 있습니다. 저의 독서는 외판원들이 가가호호 돌아다니면서 팔던 전집에서 비롯되었어요. 초등학교 시절의 어느 날 집에 갔더니 백 권 정도의 세계문학전집이 놓여 있더군요. 어머님이 구입하신 거였어요. 거대한 교양의 목록이나 호사스런 고급문화로 받아들였다기보다는 그저 당시 한국의 일상적인 문화로 느꼈던 듯해요. 지금 생각해보면 일본 책을 중역한 후 단순 편집해서 펴낸, 질이 좋지 않은 책들이 아니었을까 짐작

하지만요.

서경식 프랑스 계몽주의 철학자들이 펴낸 『백과전서Encyclopédie』는 이후 프랑스혁명을 촉발시키는 역할을 합니다. 물론 스물여덟 권이나 되는 이 책을 전부 읽은 사람은 많지 않았겠지만요. 제 어린 시절 부모들은 아이들이 끝까지 읽을지 장담할 수 없었겠지만 그 많은 전집류의 책들을 사주었어요. 인간의 지적 행위에 대한 존경심이나 경외심도 있었을 겁니다. 개중에는 시시하거나 필요 없는 책들도 있었겠지만요.

어쩌면 이런 책들이 어린 시절 자신의 지적인 지도를 만들어가는 데 자양분이 되었을 겁니다. 이후 각자 더 많은 독서와 경험을 통해 보고 듣고 느끼고 생각하면서 그 지도를 채워나가겠지만요. 저에게 이번 책은 그런 작업이었어요. 아직 완성된 지도는 아닌지라 군데군데 공백이 남아 있긴 하지만요. 제가 선보인 지도가 여러분 각자의 삶에서 지적인 지도를 그려가는 데 조금이나마 유용한 참조가 되길 바랍니다.

『내 서재 속 고전』에 언급된 책들

이 책에 언급된 고전들의 서지 사항을 각 글별로 정리해보았다. 원전을 단권으로 규정할 수 있는 경우 맨 처음에 소개한 후 초판본 연도를 표기하고 '원서'임을 밝혔다. 이외에 '일본어판', '영어판', '한국어판' 등을 밝혔으며, 필자가 읽은 판본은 따로 '필자 참조본'임을 명시했다. 한국어판의 경우, 국내 초판본을 기준으로 하되 초판본이 절판 후 복간된 경우는 독자의 편의를 위해 새로운 판본을 소개했다.

클래식의 감명, 심연의 뿌리를 캐는 즐거움:
에드워드 사이드의 『경계의 음악』

Edward W. Said, *Music at the limits*, Columbia University Press, 2007. (영어판, 원서)

エドワード·W·サイード, 『サイード 音楽評論』 1·2, みすず書房, 2012. (일본어판, 필자 참조본)

에드워드 사이드, 『경계의 음악』, 봄날의책, 2019. (한국어판)

살아남은 인간의 수치, 그럼에도 희망은 있는가:
프리모 레비의 『가라앉은 자와 구조된 자』

Primo Levi, *I sommersi e I salvati*, Einaudi, 1986. (이탈리어판, 원서)

Primo Levi, *The drowned and the saved*, Vintage, 1989. (영어판, 필자 참조본)

プリーモ·レーヴィ, 『溺れるものと救われるもの』, 朝日新聞社, 2000. (일본어판)

프리모 레비, 『가라앉은 자와 구조된 자』, 돌베개, 2014. (한국어판)

노예노동의 고통조차 넘어서는 인간에 대한 탐구욕:
조지 오웰의 『파리와 런던의 밑바닥 생활』

George Orwell, *Down and out in Paris and London*, Victor Gollancz, 1933. (영어판, 원서)

ジョージ·オーウェル, 『パリ·ロンドン放浪記』, 岩波書店, 1989. (일본어판, 필자 참조본)

조지 오웰, 『파리와 런던의 밑바닥 생활』, 삼우반, 2008. (한국어판)

망각의 절망 속 어렴풋한 희망의 가능성에 대하여:
루쉰의 「망각을 위한 기념」

鲁迅纪念委员会编纂, 『鲁迅全集』, 鲁迅全集出版社, 1938. (중국어판, 원서)

魯迅, 「忘却のための記念」, 『魯迅評論集』, 岩波書店, 1953. (일본어판, 필자 참조본)

루쉰, 「망각을 위한 기념」, 『루쉰 전집 6: 이심집·남강북조집』, 그린비, 2014. (한국어판)

中野重治, 「ある側面」, 『魯迅案内』(魯迅選集別冊), 岩波書店, 1956. (일본어판, 필자 참조본)

텍스트와 컨텍스트를 동시에 읽어내는 즐거움:
니콜라이 바이코프의 『위대한 왕』

Николай Байков, *Великий Ван*, Харбин, 1936. (러시아어판, 원서)

ニコライ·A·バイコフ, 『偉大なる王』, 中央公論社, 1989. (일본어판, 필자 참조본)

니콜라이 바이코프, 『위대한 왕』, 아모르문디, 2007. (한국어판)

현대의 지식인들이여, 아마추어로 돌아가라:
에드워드 사이드의 『지식인의 표상』

Edward W. Said, *Representations of the intellectual*, Vintage, 1994. (영어판, 원서)

エドワード·W·サイード, 『知識人とは何か』, 平凡社, 1995. (일본어판, 필자 참조본)

에드워드 W. 사이드, 『지식인의 표상』, 마티, 2012. (한국어판)

그대는 침묵으로 살인에 가담하고 있는 것은 아닌가:
이브라힘 수스의 『유대인 벗에게 보내는 편지』

Ibrahim Souss, *Lettre à un ami juif*, Seuil, 1988. (프랑스어판, 원서)

イブラーヒーム スース, 『ユダヤ人の友への手紙』, 岩波書店, 1989. (일본어판, 필자 참조본)

비관적 현실을 냉철하게 응시하는 낙관주의자를 만나다:
요한 하위징아의 『중세의 가을』

Johan Huizinga, *Herfsttij der middeleeuwen*, H. D. Tjeenk Willink en zoon, 1919. (네덜란드어판, 원서)

ホイジンガ, 『中世の秋』, 中央公論新社, 1976. (일본어판, 필자 참조본)

요한 하위징아, 『중세의 가을』, 연암서가, 2012. (한국어판)

관용은 연민이 아니라 생기발랄한 관심이다:
미셸 드 몽테뉴의 『몽테뉴 여행 일기』

Michel de Montaigne, *Journal de voyage*, Querlon, 1774. (프랑스어판, 원서)

モンテーニュ, 『モンテーニュ旅日記 』, 白水社, 1992. (일본어판, 필자 참조본)

미감을 즐길 시간은 오렌지 향보다 길지 않다:
케네스 클라크의 『그림을 본다는 것』

Kenneth Clark, *Looking at pictures*, John Murray, 1960. (영어판, 원서)

ケネス·クラーク, 『絵画の見かた』, 白水社, 1977. (일본어판, 필자 참조본)

케네스 클라크, 『그림을 본다는 것』, 엑스오북스, 2012. (한국어판)

죽음을 금기시한다는 건 삶을 방기하는 것:
필리프 아리에스의 『죽음의 역사』

Philippe Ariès, *Essais sur l'histoire de la mort en occident*, Seuil, 1975. (프랑스어판, 원서)

フィリップ アリエス, 『死と歴史―西欧中世から現代へ』, みすず書房, 1983. (일본어판, 필자 참조본)

필리프 아리에스, 『죽음의 역사』, 동문선, 1998. (한국어판)

'인간'이라는 가치를 포기하지 않기 위하여:
가토 슈이치의 『양의 노래』

加藤周一, 『羊の歌』, 岩波書店, 1968. (일본어판, 원서, 필자 참조본)

가토 슈이치, 『양의 노래』, 글항아리, 2015. (한국어판)

'백장미'를 기억하던 이들은 어디로 사라진 걸까:
잉게 숄의 『아무도 미워하지 않는 자의 죽음』

Inge Scholl, *Die weiße rose*, Verlag der Frankfurter Hefte, 1952. (독일어판, 원서)

インゲ·ショル, 『白バラは散らず―ドイツの良心ショル兄妹』, 未来社, 1971. (일본어판, 필자 참조본)

잉게 숄, 『아무도 미워하지 않는 자의 죽음』, 평단문화사, 2012. (한국어판)

풍화되는 투쟁, 하지만 정의의 실천을 게을리 말라:
피에로 말베치 등이 엮은 『사랑과 저항의 유서』, 나탈리아 긴츠부르그의 『가족어 사전』

P. Malvezzi & G. Pirelli(a cura di), *Lettere di condannati a morte della resistenza italiana*, Einaudi, 1952. (이탈리어판, 원서)

P. マルヴェッツィ, G. ピレッリ(翻),『イタリア抵抗運動の遺書』, 冨山房, 1983. (일본어판, 필자 참조본)

삐에로 알벳찌, 죠반니 삘레리 엮음,『사랑과 저항의 유서』, 사계절, 1984. (한국어판)

Natalia Ginzburg, *Lessico famigliare*, Einaudi, 1963. (이탈리어판, 원서)

ナタリア ギンズブルグ,『ある家族の会話』, 白水社, 1985. (일본어판, 필자 참조본)

나탈리아 긴츠부르그,『가족어 사전』, 돌베개, 2016. (한국어판)

참극의 유대인 거리에 남은 것과 변한 것:
나탈리아 긴츠부르그의『가족어 사전』, 가와시마 히데아키의『이탈리아 유대인의 풍경』

『가족어 사전』의 서지 사항은 앞의 항목 참조.

河島英昭,『イタリア·ユダヤ人の風景』, 岩波書店, 2004. (일본어판, 필자 참조본)

용기 있는 패배자, 식민주의 섬기던 이성을 구원하다:
바르톨로메 데 라스카사스의『인디아스 파괴에 관한 간략한 보고서』

Bartolomé de Las Casas, *Brevísima relación de la destrucción de las indias*, 1552. (스페인어판, 원서)

ラス·カサス,『インディアスの破壊についての簡潔な報告』, 岩波書店, 1976. (일본어판, 필자 참조본)

바스톨로메 데 라스카사스,『인디아스 파괴에 관한 간략한 보고서』, 북스페인, 2007. (한국어판)

인간해방을 실현하는 그릇으로서의 국가를 옹호하다:
마르크 블로크의『이상한 패배』

Marc Bloch, *L'étrange défaite*, Franc-Tireur, 1946. (프랑스어판, 원서)

マルク ブロック,『奇妙な敗北』, 岩波書店, 2007. (일본어판, 필자 참조본)

마르크 블로크, 『이상한 패배』, 까치글방, 2002. (한국어판)

자본주의 시대의 인간, 그 고뇌의 원형:
빈센트 반 고흐의 『반 고흐 서간 전집』

Vincent Van Gogh, *The complete letters of Vincent van gogh*, New York Graphic Society, 1958. (영어판, 원서)
ファン·ゴッホ, 『ファン·ゴッホ書簡全集』, みすず書房, 1969(改訂版: 1984). (일본어판, 필자 참조본)
빈센트 반 고흐, 『세상에서 가장 아름다운 편지』, 아트북스, 2009. (한국어판, 고흐의 서간 선집)

원고 출처

클래식의 감명, 그 심연의 뿌리를 캐내는 즐거움: 《한겨레》, 2013년 5월 19일
살아남은 인간의 수치, 그럼에도 희망은 있는가: 《한겨레》, 2013년 6월 30일
노예노동의 고통조차 넘어서는 인간에 대한 탐구욕: 《한겨레》, 2015년 1월 29일
망각의 절망 속 어렴풋한 희망의 가능성에 대하여: 《한겨레》, 2013년 3월 9일
텍스트와 컨텍스트를 동시에 읽어내는 즐거움: 니콜라이 바이코프, 『위대한 왕』(아모르문디, 2007)의 발문
현대의 지식인들이여, 아마추어로 돌아가라: 《한겨레》, 2014년 6월 15일
그대는 침묵으로 살인에 가담하고 있는 것은 아닌가: 《한겨레》, 2014년 8월 10일
비관적 현실을 냉철하게 응시하는 낙관주의자를 만나다: 《한겨레》, 2014년 10월 5일
관용은 연민이 아니라 생기발랄한 관심이다: 《한겨레》, 2015년 1월 1일
미감을 즐길 시간은 오렌지 향보다 길지 않다: 《한겨레》, 2014년 11월 6일
죽음을 금기시한다는 건 삶을 방기하는 것: 《한겨레》, 2013년 12월 15일
'인간'이라는 가치를 포기하지 않기 위하여: 《한겨레》, 2014년 12월 4일
'백장미'를 기억하던 이들은 어디로 사라진 걸까: 《한겨레》, 2013년 9월 22일
풍화되는 투쟁, 하지만 정의의 실천을 게을리 말라: 《한겨레》, 2014년 1월 26일
참극의 유대인 거리에 남은 것과 변한 것: 《한겨레》, 2014년 4월 20일
용기 있는 패배자, 식민주의 섬기던 이성을 구원하다: 《한겨레》, 2013년 11월 3일
인간해방을 실현하는 그릇으로서의 국가를 옹호하다: 《한겨레》, 2015년 3월 5일
자본주의 시대의 인간, 그 고뇌의 원형: 미발표 원고, 2015년 5월 22일 집필

『내 서재 속 고전』 독자 북펀드에 참여해주신 분들 (가나다순)

강부원 강영미 강주한 권은경 김기남 김기태 김명남 김병희 김성기 김수민 김수영 김숙자 김윤정 김정환 김주현 김중기 김현조 김현철 김형수 김혜원 김희곤 나준영 마정권 박나윤 박무자 박진순 박효선 서병욱 서필훈 서형석 송덕영 송화미 신동해 신민영 신정훈 오길영 오인선 위효정 유성환 이만길 이수한 이장규 이한샘 장경훈 전미혜 정성주 정회엽 조은수 조정우 차소영 최경호 최한중 한성구 한승훈 허민선 홍상준 홍상희 (외 14명, 총 71명 참여)

내 서재 속 고전

나를 견디게 해준 책들

초판 1쇄 발행
2015년 8월 24일

초판 5쇄 발행
2019년 12월 1일

지은이
서경식

펴낸이
임윤희

아트디렉팅
권으뜸

제작
제이오

펴낸곳
도서출판 나무연필

출판등록
제2014-000070호
(2014년 8월 8일)

주소
08613
서울시 금천구 시흥대로73길 67
금천엠타워 1301호

전화
070-4128-8187

팩스
0303-3445-8187

페이스북
www.facebook.com/
woodpencilbooks

이메일
woodpencilbooks@
gmail.com

ISBN
979-11-953470-0-1 03810

이 책의 국립중앙도서관 출판시도서목록(CIP)은 e-CIP 홈페이지(www.nl.go.kr/cip.php)와 국가자료공동목록시스템(www.nl.go.kr/kolisnet)에서 이용하실 수 있습니다.(CIP 제어번호: CIP2015021133)